KB096149

내 인생 가장 소중하고 특별한 손님

아이의 자폐스펙트럼 앞에서 길 잃은 엄마들에게

내 인생 가장 소중하고 특별한 손님

김보미 지음

여름의서재

프롤로그

나는 8년 차, 경력직 엄마다

인생은 영화가 아니다. 희수를 기다리는 시간도, 심지어 임신도 출산도 뭐 하나 쉬운 것 없던 시간들이었다. 보통은 시련과 역경이 지나고 나면 영화는 해피엔딩으로 아름답게 마무리된다. 그렇게 바라던 아이를 낳은 뒤 나는 아이가 간절했던 시간은 까맣게 잊고 육아의 어려움만을 호소하며 징징댔다. 그런 나에게 내 인생을 180도 뒤바꿀, 아이의 자폐스펙트럼이 기다리고 있었다.

내 인생의 결말을 내가 정할 수 있다는 건 오히려 다행이다. 큰 틀에서 보면 내 인생은 새드엔딩에 걸맞을지도 모른다. 하지만 나는 지금이 가장 내 인생의 황금기라고 생각한다. 나는 아이가 태어나 지금까지 줄곧 '행복해지기' 위한 길을 선택했다. 행복을 선택했으므로 지금 당장 끝이 나더라도 해피엔딩이 아닐까?

어떤 사람은 나를 응원한다. 또 어떤 사람은 그냥 글이 재밌으니까 본다고 한다. 또 어떤 사람은 같은 길을 걷고 있어 내 글을 읽는다고 한다. 그리고 또 어떤 이들은 자신의 아이가 발달장애인지 아닌지가 걱정돼서 나를 지켜본다고 한다. 이들은 모두 나와 똑같은 엄마이자 누구보다 자신의 아이를 사랑하는 사람들이다.

자폐스펙트럼에 관한 자료를 제일 많이 찾아볼 시기는 내 아이의 '느림'을 엄마가 인지하기 시작했을 때다. 내가 생각하지 못했던, 생각하기도 싫었던, 지금도 인정하기 싫은 내 아이의 '다름'이 느껴지기 시작할 때다.

우리 아이의 '다름'이 내 인생의 실패나 성공을 결정짓는 건 아니다. 우리 아이의 '특별함'이 우리 가족의 행복을 좌지우지하는 것도 아니다. 가족의 즐거움과 행복은 각자의 마음에 달려 있다.

무엇보다 내가 하고 싶은 말은 '결국 이 시리즈의 결말은 정해져 있다.'는 것이다. 이를 알고 인정하는 것이 두렵고 무서웠다. 그리고 이제는 안다. 정해져 있는 결말은 나 스스로가 만드는 것임을.

어떤 아이를 보내주시든 정성을 다해 사랑으로 키우겠다고 간절히 바랐다. 그 바람은 장애를 가진 아이를 낳고 나서 받아들이기 힘든 고통으로 이어졌다. 또 그 순간들을 처절하게 몸부림치고 받아들여 다시 평온한 일상을 찾기까지 우리 가족 모두 중심을 잃지 않기 위해 노력했다.

이 책은 한 가족이 급작스레 닥친 위기에서 한 걸음 더 나아가 '함께 행복해지기'를 선택하기까지의 과정을 보여주는 이야기다. 수많은 절망과 위기도 있었지만 마침내 나는 행복해졌다. 그러니 어떤 마음으로 접했든 이 책을 놓는 순간 슬프지 않았으면 좋겠다.

나는 내 인생이 결국 해피엔딩이라고 믿는다. 엄마로 산 지 8년, 아직 많이 서툴고 부족해 부끄럽지만 어쩌면 이게 모두의 모습이라 생각하며 세상 밖으로 나갈 용기를 내본다.

스스로를 너무 몰아붙이지 말았으면 한다. 슬퍼하고, 원망하고, 좌절했다가 우리는 우리 나름의 행복을 만날 것이며, 그 길을 함께 찾아보자고 전하고 싶다. 그리고 무엇보다 우린 혼자가 아님을 잊지 말자고 이야기하고 싶다.

2024년 여름,

희수 엄마 김보미

차례

((2장))

자폐성 장애아의 부모로 산다는 것

((3장))

희수에게서 사랑을 다시 배운다

((4장))

엄마의 성장 일지

((5장))

희수의 독립 일기

1장

✦

자폐스펙트럼 의심부터 진단까지

희수한테
문제가 생긴 거 같아

희수는 발달이 빨랐다. 굳이 다른 아이들이 언제 뒤집기를 하는지, 기는지, 걷는지 확인하지 않아도 항상 빠른 편에 속했다. 조리원에서 만난 사람들, 임신부터 출산까지 함께하던 동네 친구들, 그 누구와 이야기를 해봐도 아이의 발달이 문제가 된 적은 한 번도 없었다. 예민하고 징징대지만, 잘 크는 아이였다.

"엄마.", "아빠."도 돌 전에 말하고 "빠빠.", "안녕.", "잼잼.", "도리도리.", "만세.", "사랑해요.", "예쁜 짓."이라고 하면 개인기도 곧잘 보여줬다. 내가 무언가로 관심을 끌고 재밌게 놀아주면 까르르 웃어주었다.

남편이 육아를 전담하고 나는 일을 하면서 희수가 왠지 나를 쳐다보지 않는다는 느낌을 자주 받았다. 처음에는 환경이 변한 게 낯설고, 바쁜 엄마한테 서운해서 그런 거라 생각했다. 매일 붙어 있던 엄마 대신 아빠, 매일 다니던 어린이집과 놀이터 대신 새로운 어린이집, 새로운 놀이터에 적응하는 게 힘들어서라고 생각했다. 그저 단순히 환경 변화 때문이니 별일 아니라고 받아들였다.

언제나 웃고 울며 나를 반기던 희수가 어느 날부터인가 내가 오가는 것에도 크게 반응하지 않는다고 느꼈다. 이름을 불러도 잘 안 쳐다보는 것 같았다. 언제나 나를 바라보며 웃고, 내 목소리에 귀 기울이던 아이였는데, 뭔가 달라졌다. 그럼에도 '텔레비전 속 뽀로로가 더 좋아지는 시기가 왔나 보다.' 하고 웃으면서 넘겼지만, 무언가 마음 한편이 불안했다.

어린이집 선생님께 "희수가 다른 아이들과 뭔가 다르지는 않나요?" 하고 물었을 때, "남자아이들은 좀 느릴 수 있어요." 라고 하셨다. 촉감놀이를 할 때 좀 예민하고 다른 아이들이 놀이할 때 바로 끼지 않고 한참 보다가 시도해보는 편이라 조심성이 많다고 하셨다. 또 자기가 줄 세우는 장난감들을 누가 건들면 많이 운다고 하셨다.

기분이 이상했다. 짧다면 짧은 18개월간 육아를 하면서 나는 처음으로 '아이가 느리다.'라는 말을 처음 들었다. '아이들마다 속도가 있으니까.'라는 말로 스멀스멀 피어나는 의심과 불안함을 애써 잠재웠다. 그럼에도 뭔가 문제가 생겼음을 직감했다.

"희수에게 좀 문제가 생긴 것 같아. 너무 느려."

당연히 남편은 불같이 화를 냈다. 아이의 다름을 주양육자가 아닌 사람이 말한다는 건 마치 '네 육아 방식에 문제 있는 건 아니냐.'라는 지적일 수도 있다. 나 역시 입장 바꿔 생각해봐도 화가 날 일이다. 특히나 내가 사랑하는, 목숨도 아깝지 않은 아이에게 뭔가 문제가 생겼다는 사실은 받아들이기 어렵다.

어린이집에서
전화가 왔다

"어머니, 큰 병원에 한번 가보세요. 이대로는 아이를 방치하는 것밖에 안 될 것 같네요."

회사에서 일하던 도중 원장 선생님에게 걸려 온 전화는 그동안 내가 가지고 있던 의심을 확신으로 바꿔주는 말이었다. '그냥 느린 거야.'라고 생각하면서도 밤새 찾아보던 자폐스펙트럼이라는 단어. 그러고 보니 왜 이렇게 마음에 걸리는 행동이 많을까. 자폐스펙트럼의 특성에 속하지 않는 게 없다고 느끼면서도 어떤 날은 날 보고 웃어주는 아이를 보며 절대 그럴 리 없다고 생각했다.

영화에서나 보던, 혹은 인터넷에서만 봤던 말이 내 인생을 덮칠 거라곤 꿈에도 생각하지 못했다. 그러면서도 아이가 잠이 들면 밤새 자폐스펙트럼에 대해 검색해보았다. 돌이켜 생각해보면 어쩌면 이미 마음속으로는 자폐스펙트럼이라 확정 짓고 있었을지 모르겠다.

원장 선생님의 전화에 놀라지도 않고 나 스스로도 너무 차분하다고 느낄 정도로 "알았다."고 말했다. 남편한테 언뜻 자폐스펙트럼에 대해 이야기했다가 반응이 격해 꺼내지 못했던 말을 결국 남편에게 또 전했다.

"어린이집에서도 큰 병원에 가보래."

그때부턴 일사천리였다. 바로 예약을 잡을 수 있는 대학병원부터 전화를 돌렸다. 다행히 서울의 큰 병원 중 한 군데 소아정신과에서 진료가 가능했다. 바로 진료를 보기 어렵지만 소아신경과로 예약해서 방문하면 모든 소아 관련과와 협진해서 검사할 수 있다고 했다.

아이의 검사가 먼저였다. 검사를 제대로 받기 위해서 직장에다 내 상황을 말했다. 직장에는 애 엄마들이 많았다. 아이보다 급한 게 어디 있느냐고 5일 만에 육아휴직까지 등 떠밀어 신청해주셨다. "괜찮냐고 묻지도 못해서 미안하다."라며 끝까지 마음 써주던 좋은 사람들과 급하고, 따뜻하게 이별했다.

그렇게 여수에서 서울까지 무슨 정신인지도 모르게 올라와 병원에 입원하고 나서부터는 어쩐지 마음이 가라앉았다. 그때야 비로소 1년이 넘게 의심만 하던 아이의 상황을 이제는 진짜 '받아들여야 할 때가 왔구나.'라고 생각했다.

나는 '맞다.'고 말하고 남들은 '예민하다.'고 말하던 지난날, 사실은 그 누구보다 그저 나의 예민함으로 치부하고 싶었다. 솔직히 말해서 '예민해서 그런 거야.'라고 믿고 싶은 마음이 더 컸다. 심지어 내가 잘못해서, 너는 정말로 완벽한 아이인데 서툰 엄마한테 와서 그런 거라 믿었다. 엄마인 내 실수로 뭔가 잘못된 것이기를 내내 바랐다.

할 수 있는 모든 검사를 마친 뒤 역시나 의사 선생님은 이렇게 말씀하셨다.

"지금으로선 경계선 자폐라고밖에 말씀을 못 드리겠네요."

"네, 알겠습니다. 그럼, 지금처럼 센터에 열심히 다니고…. 뭐 그래야겠네요."

"아이가 많이 어리니 서울에서 낮 병동 진료나 문제행동을 교정하는 ABA(Applied Behavioral Analysis)를 좀 들으시는 게 효과를 좀 볼 수 있을 거예요."

"지방에 사는 데다가 금전적인 문제를 생각하면 안 될 것 같아요. 감사합니다."

의사 선생님은 몇 번이고 내 반응 때문에 당황하셨다. 이렇게까지 무덤덤하게 반응한 엄마는 처음 본다며 엄마가 잘 받아들이니 아이도 괜찮을 거라고 위로하셨다.

그리고 나 역시 내가 괜찮을 거라고 착각하고 있었다.

두 군데 어린이집에서
퇴소 권유를 받았다

아이의 '다름'을 머리로는 알아도 마음으로 받아들이기까지 오랜 시간이 걸렸다. 희수가 점점 달라지고 있다는 걸 느낀 어느 날, 어린이집 선생님이 20개월에 언어치료를 추천하셨다. 21개월엔 인지치료는 어떠냐고 물어보셨다. 아직 확실한 것도 없는데 자꾸 무언가 치료를 해야 한다는 말에 거부감부터 들었다. 좋은 치료 센터를 알아봤다며 메모를 건네주시는 선생님한테 "고맙습니다." 하고 돌아서면서도 마음이 다잡아지지 않았다.

"이대로라면 아이와 선생님 둘 다 힘들 거예요."

내 머릿속엔 이 어린이집의 4세 반에는 보낼 수 없다는 생각만 둥둥 떠다녔다. 그리고 집 앞 어린이집에 가서 상담을 받았다. 아이의 발달이 느린 것도, 센터를 다니는 것도 오픈했다. 또 내가 예민하다는 소리를 들었다.

"얌전하고, 괜찮은데요? 성향이 느린 아이들도 있어요. 센터까진 너무… 예민하신 거 같긴 한데."

입소 후 딱 2주였다. 원장님의 상담 요청이 왔다. 통화를 하기 전, 이미 예감했다.

"희수는 저희가 보기 어렵진 않아요. 그런데 사실… 일주일간 누워만 있더라고요. 혹시 큰 병원은 가보셨나요?"

육아휴직 처리를 했던 직장을 퇴사했다. 대학병원을 다녀온 뒤 통합어린이집 일반반 입소 자리가 나서 면담하던 날, 한 시간을 내리 사정했다.

"일반반 입소는 두 번 거절당했어요. 제발 통합반에 넣어주세요. 특수교육이 필요해요. 제발… 원장님."

이미 정원이 찬 상태지만 통합반 담임 선생님과의 상담 후 희수 한 명 정도는 괜찮을 거 같다고 통합반에 넣어주셨다. 그렇게 희수는 4세 때부터 쭉 특수교육을 받기 시작했다.

이맘때쯤 느린 아이들은 통보 아닌 통보를 받기 시작한다.

"내년엔 저희와 함께하기 힘들 것 같아요."

그 이야기를 듣고 난 뒤 드는 감정은 '원망'이었다. 다 원망스러웠다. 온 세상이 우리를 거부하는 듯했다. 그런데 지나고 보면 그런 말을 하는 선생님도 분명히 편하지 않았을 거다. 어린이집 선생님은 어떤 날은 부모보다 더 오랜 시간을 아이와 함께 보낸다. 그 시간 속에서 느끼는 아이의 '다름'을 부모에게 선고하는 선생님의 마음이라고 편할까.

아무리 조심스럽게 돌려 말한다 한들 그 이야기를 하는 상대방의 입장이 결코 편하지 않았음을 이제는 안다. 그럼에도 여전히 아쉬운 건 그들에게 더 고마워하지 못했던 것이다. 그리고 잘했다고 생각한 건 서운함을 드러내지 않은 채 그저 감사하다 말씀드리고 두 군데 다 대화를 잘 마무리한 것이다.

나한테만 빠른 결단이 필요했던 게 아니다. 선생님들 덕분에 희수는 더 나은 환경에서 돌봄을 받으며 이만큼 성장했다. 그 특별한 성장의 첫 시작은 아이러니하게도 "우리와 함께하기 힘들 거 같아요."라는 말이었다. 힘든 말을 겨우 뱉어준 선생님들한테 이제는 감사한 마음이 든다. 자존심 때문에 화내지 않고 억누른 나 스스로에게도 잘했다고 칭찬하고 싶다.

이 글을 쓰는 이유는 생각보다 많은 엄마들이 이런 말을 듣는 시기에 크게 좌절하기 때문이다. 결국 지나고 보면 모두가 아이를 위한 말이고 아이를 위한 선택의 여정이니까 너무 아프지 않기를 바란다.

아이의 다름을 선고받는 날, 나는 두 번 다시 아이랑 웃을 수 없을 뿐만 아니라 내 인생은 가시밭길투성이며 이제는 다른 삶을 살아야 한다고 생각했다. 여전히 이렇게 웃고 즐겁게, 남들과 크게 다르지 않고 즐거움 속에 살고 있으니 잠시 아프더라도 너무 걱정하지 않았으면 좋겠다. 정말 잠시, 아프기를. 우리가 아이와 함께 갈 길이 머니까.

자폐스펙트럼은
부모의 잘못일까

아이의 자폐스펙트럼을 의심하면서 제일 먼저 하는 일이 있다. 부모가 끊임없이 자책하고 후회하고 비관하는 것. 많은 이들이 내가 경험한 '자책+후회+비관'이라는 과정을 크게 벗어나지 않을 것이다.

아이가 배 속에 있을 때, 퇴행이 왔을 때를 곱씹고, 또 곱씹는다. 혹여나 내가 아이에게 무슨 충격을 준 건 아닌지, 내가 서툴러서 아이에게 어떤 나쁜 영향을 준 건 아닐까. 아니면 내 과분한 욕심이 아이를 잘못되게 한 건 아닐까? 아무리 내가 아니라고 백번 말한다 한들 의심의 씨앗을 없앨 수는 없었다. 유명한 소아정신과 교수님들도 여러 번 강조한 이야기가 있다. 자폐스펙트럼은 절대 부모 잘못이 아니라는 것이다.

TV 프로그램 〈요즘 육아 금쪽같은 내 새끼〉에는 '반응성 애착장애'라는 말이 자주 등장한다. 자폐성 장애아 부모라면 한번쯤은 다 들어봤을 거다. 반응성 애착장애는 눈 맞춤이 어렵고, 혼자 놀려 하고, 이름을 불러도 반응이 없는 등 자폐스펙트럼과 유사한 특성이 있다. 하지만 자폐스펙트럼과 달리, 심각한 의사소통 장애가 있거나 상동행동●은 보이지 않는 경우가 많다고 한다.

솔직히 말하면 나는 제발 우리 희수가 반응성 애착장애이길 바랐다. 아이의 문제가 아니라 그저 내 문제이기를 바랐다. 세상 사람들 모두가 나에게 손가락질해도 상관없었다. 뼈를 깎는 노력을 해야 바뀐다면, 그렇게 해서라도 고칠 수 있길 바라고 또 바랐다.

나쁜 엄마에 나를 짜 맞추며 희수가 반응성 애착장애일지

● 행동 양식이 일정하고 규칙적으로 반복되는 행동 가운데 목적이나 기능이 확실하지 않은 행동. 그 이유는 감각 기능의 불균형을 완화시켜 심리적인 만족감과 안정감을 찾기 위해서라고 한다. 자폐 발달장애 아동에게만 나타나는 것은 아니고 정상 발달 아동 혹은 성인에게도 나타날 수 있다.

도 모른다는 희망을 가졌다. 지금 생각하면 참 절망적이다. 엄마의 방치가 그 상황에서 유일한 희망이라니. 불행하게도 나와 희수를 만난 모두가 반응성 애착장애는 아니라고 했다.

나는 보통의 엄마다. 뛰어나거나 최고는 아니더라도 남들과 같은 그저 평범한 엄마다. 지금도 조금 겁이 난다. 그때의 나처럼 절박함에 눈이 가려 아이를 정확히 판단하지 못하고 모든 걸 자신의 책임으로 여기며 그저 노력만 하는 사람이 있을까 봐.

자폐스펙트럼 아이들도 자란다. 멈춰 있지 않고 변한다. 그러므로 부디 잘못된 판단으로 눈을 가리는 부모가 없었으면 한다.

가끔 나 역시 과분한 칭찬 속에 민망할 때가 많지만 나 역시 찰나의 순간을 소셜미디어에 남기기 때문에 내가 모든 걸 잘하는 것처럼 비춰질 수도 있다. 하지만 나도 보통의 엄마일 뿐이다. 그러니 아무도 자책하지 않는 밤이었으면 좋겠다. 분명히 이 글을 읽는 당신도 충분히, 최고의 부모다.

자폐성 장애아를 둔 부부가 대화하기 힘든 이유

처음에 희수의 퇴행을 알아채고 남편과 이야기했을 때 남편은 격한 거부 반응을 보였다. 그런 남편에게 차마 더 뭐라 이야기할 수가 없었다. 아이를 그 누구보다 사랑하는 남편에게 '자폐스펙트럼일지도 모른다.'는 이야기가 얼마나 잔인한 것인지를 잘 알기에 날 선 남편의 대꾸에도 입 다물 수밖에 없었다. 그러나 처음 듣는 남편의 거친 말들에 당황했고 그 정도로 반응이 격할 줄은 몰랐기에 서러웠다. 오만 가지 감정이 오가고 우리는 서로의 마음을 아프게 난도질했다.

그럼에도 가만히 서로에게 침묵했다. 우리는 희수의 유일한 부모였기 때문이었다. 순간의 감정에 휘둘리지 않고 숨죽였다. 그런 순간들이 이어지다 대화가 가능해진 건 대학병원에서 희수에 대한 정확한 진단을 듣고 나서였다.

부모이기에 우리는 냉정하게 받아들여야 했다. 그리고 조건 없이 사랑할 수밖에 없는 내 아이, 그리고 그 아이가 가진 특별함에 대해 이야기했다.

모든 부모가 아이의 다름을 건강하게 받아들이고 앞으로 나간다면 이상적일 것이다. 하지만 인간이라는 존재는 그렇지 않다. '설마 그런 일이 나한테 일어날까?'라고 생각했던 일이 내 일이 되면 문제는 달라진다. 그저 묵묵히 받아들인다는 것 자체가 불가능하다.

나 역시 희수의 자폐스펙트럼 진단 이후 남편을 꽤 미워했다. 원망했다. 그럴수록 부부 사이가 흔들리지 않도록 굳건히 다져야 한다. 수많은 치료보다 선행돼야 하는 건 가정의 평온함이다. 많은 사람들이 처음에 진단을 받고 뭘 해야 하는지 묻고, 나 역시 병원부터 가보라고 이야기하지만 진짜 꼭 말해주고 싶은 리스트를 적어보았다.

1. 혼란스러운 내 마음부터 정리할 것

2. 남편과의 사이에 너무 큰 벽을 쌓지 말 것

3. 여전히 아이를 사랑하고 있음을 인지할 것

4. 지금 당장 너무 아이에게 몰두하지 말 것

5. 1~2년 동안에 뭔가 이루리라 기대하지 말 것

6. 앞서 걸어간 모든 부모들 또한 나와 같은 과정을 겪었음을 인지할 것

7. 뛰는 것보다 길게 보고 걷는 법을 익힐 것

아이의 개월 수가 어리면 어릴수록 아이의 장애를 받아들이기 힘들다. 결국은 서로가 부딪히고 깨지며 배워야 한다. 아이에게는 무엇보다 부모의 안정된 사랑이 절실하다는 걸 잊지 말자. 사랑이 바탕이 되지 않는다면 전 재산을 쏟아붓더라도 밑빠진 독에 물 붓는 것과 마찬가지다.

무엇보다 가족 모두의 마음부터 신경 써야 한다. 그중에서도 '나' 스스로를 아껴주자. 그래야 아이도 내 사랑을 먹고 자란다.

혹시
자폐스펙트럼일까요?

소셜미디어에서 제일 많이 받는 질문을 꼽자면 단연 "자폐스펙트럼일까 봐 걱정돼요. 자폐스펙트럼이라서 이런 행동을 하는 걸까요?"다. 그 질문에 나는 "병원엔 가보셨어요?"라고 답한다. 그러면 "예약은 했는데 대기가 길어요.", 혹은 "무서워서 아직 병원은 못 가봤어요." 등 다양한 대답이 돌아온다. 안타깝게도 나는 그 아이에 대해 적당한 조언을 해줄 만한 사람이 아니다.

어떤 마음으로 그런 질문을 했는지, 얼마나 절실한지 너무 잘 알고 있다. 안타깝고 안쓰럽고 그 누구보다 도움이 되고 싶다. 하지만 전문가도 아닌 내가 아이에 대해 함부로 판단할 순 없다. 하다못해 소아정신과 의사들도 엄마가 이미 어떤 판단을 내리고 오는 걸 굉장히 경계한다. 엄마가 이미 마음속으로 정하고 진료실로 들어가면 상담 자체가 그쪽으로 흘러가버리기 때문이란다.

카스(CARS, Childhood Autism Rating Scale), M-CHAT(Modified-Checklist for Autism in Toddlers)는 부모가 직접 체크하는 검사지다. 그래서 신뢰도가 높지 않다. 단지 의심이 되는 부분들을 명확하게 살펴보며 병원을 가야 하는 건지, 아니면 걱정을 덜어도 되는 건지 가늠해보는 정도다. 단지 우리 아이에게 자폐스펙트럼 성향이 있는지 없는지를 엄마의 판단으로 체크하는 검사이기에 무작정 신뢰하는 건 조심해야 한다.

나는 단호하게 말한다. 그저 한 아이의 엄마에 불과한 나에게 아이가 자폐스펙트럼인지 아닌지를 판단해달라고 하는 건 위험한 일이며 절대로 해줄 수 없다고. 더 중요한 것은 병원을 찾아 제대로 검사를 받는 일이다. 섣불리 판단하지 말고 전문가에게 객관적인 진단을 받는 것이 우선이다.

가까이 있어도
멀리 있는

아이의 자폐스펙트럼을 알고 제일 먼저 한 일은 남편에게 내 계획을 선포하는 것이었다.

"일곱 살, 일곱 살까지만 열심히 할래. 육아든 발달이든 그때까지만 신경 쓸 거야."

일곱 살까지라 기간을 정하고 그때까지만 열심히 노력해볼 거라고 선언했다. 앞으로 3년은 아이를 위해 열심히 살고 그다음은 나를 위해 세계 여행을 떠날 거라고 엄포했다. 허무맹랑하지만 그렇게 믿고 살았다.

희수의 먼 미래를 생각할 때마다 가슴이 저리고 발밑이 훅 꺼지는 느낌이었다. 그게 현재를 갉아먹는 듯했다. 그래서 '앞으로 희수는 어떻게 될까?'는 더 이상 생각하지 않기로 했다.

매일매일 밖으로 나갔다. 아스팔트 외 다른 길은 발끝도 안 대는 아이를 위해 바다까지 갔다. 감각이 완화되기를 바라며 바다에 갔지만 희수는 모래를 밟지 못했고 공원에서 내가 맨발로 잔디를 밟는 모습을 보여주며 안심시켰다.

"괜찮아. 아무 일도 일어나지 않아. 너무 무서우면 여기에 발을 딛지 않아도 돼."

비가 오는 날엔 우비를 입고 둘이 뛰쳐나가 놀았다. 우비를 입고 미끄럼틀을 타기도 하고 둘이 앉아 비에 젖는 세상을 구경했다. 남들의 시선이 버거우면 산으로 갔다. 산행하는 사람들이 없을 때 주저앉아 흙놀이를 했다. 돌을 줍고 흙을 던지고 아무도 없는 산 한가운데서 흙투성이가 되곤 했다.

농장에 가서 동물을 구경하고 캠핑도 다녔다. 아침에 일어나 내복 바람으로 같이 산책도 했다. 아쿠아리움, 에버랜드 연

간회원권을 끊어 평일이든 주말이든 나갔다. 지나가는 이들을 구경하기도 하고 동물들도 만났다. 물론 아이가 이유 없이 거부하는 날도 있었다. 온몸으로 거부하는 바람에 두 시간이나 운전해 간 공원 입구에서 다시 차를 돌리기도 했다.

말 그대로 눈이 오든, 비가 오든, 바람이 불든 나갔다. 열만 안 나면 동네 산책이라도 나갔다. 숲 어린이집을 다니고부터는 매일 산행을 나갔다. 다행히 어린이집엔 치료사분들이 상주해 주 4회 원내 치료와 센터 치료를 병행했다. 2년이 넘게 주 6회 이상 치료는 유지했다. 어디든 다니면서 아이와 함께한 덕분인지 주말만 지나면 난 항상 아팠다. 아이와 열정적으로 바깥 놀이를 하면 2~3일은 앓아누웠다.

바깥 놀이를 하지 않고 집에 있을 때 희수는 거의 누워만 있었다. 무기력하거나 의미 없는 줄 세우기를 하거나, 빙빙 돌거나 유튜브를 봤다. 그래서 미디어도 끊었다. 아이의 시선을 쫓아다니며 이야기를 해주기 시작했다.

"우아, 공룡 피규어네? 얘는 발이 네 개인데 두 다리로 서 있어. 다리는? 네 개! 서 있는 다리는 두 개. 갈색 공룡이야, 이 공룡은

이름이 뭘까?"

희수의 시선이 비켜 나가면 또다시 이동하고 목이 쉴 때까지 이야기했다. 말을 멈추면 고요한 그 공간이 무서웠다. 그리고 내가 말을 멈추면 앞으로도 아무 대화도 없을 것 같아서였다.

희수는 그 시간들을 통과해 성장했다. 그 밑바탕엔 뭐가 있었는지 사실 아직도 잘 모르겠다. 누군가는 노력이라고 하겠지만 내가 만났던 수많은 엄마들도 그렇게 울며 웃으며 노력했다. 모든 아이들이 엄마의 노력에 비례해 성장하는 것은 아니었다.

엄마, 아빠가 꼭 무언가를 해야만 아이가 크는 것처럼 말하고 싶지 않다. 그러다 보니 마치 우리 아이는 치료 센터를 다니지 않아도, 별 노력 없이도 성장한 것처럼 비춰지기도 해서 나와 아이의 시간을 기록하고 싶었다. 그리고 나 스스로에게 칭찬도 해주고 싶었다. 참 열심히 살았다고 꼬옥 안아주고 싶다.

여덟 살 희수 엄마가 됐다. 이제 나는 세계 여행을 포기했다. 결국 미래에 대해 생각하고 정해두는 건 그다지 의미 없는 일임을 알게 되었다. 네 살 희수 엄마, 김보미는 결국 노력하다 어디론가 도망칠 거라 생각했다. 예상은 보기 좋게 빗나갔다. 지금은 도망가지 않고 당당히, 더 괜찮은 엄마가 되고 싶어졌다.

"만약 그때로 되돌아가면 뭘 더 하고 싶냐?"는 누군가의 질문에 '다시 돌아가도 그때처럼 할 자신이 없다.'는 답을 떠올렸다. 후회가 없는 과거를 남긴 나 스스로가 대견하고 자랑스럽다.

여전히 육아는 쉽지 않다. 어떤 하루는 고달프고, 어떤 하루는 숨도 쉬기 어렵다. 그럼에도 불구하고 스스로에게 믿음을 가질 수 있게 해준 희수를, 나를, 오늘은 더 많이 사랑한다.

그럼에도 아이는 멈추지 않는다

발달장애아를 키우다 보면 애틋해지는 가정, 혹은 깨지는 가정이 반반이라고 한다. 우리 역시 위기가 있었다. 최대의 위기는 그때였다. 남편에게 "희수가 자폐스펙트럼인 것 같아."라고 말했을 때.

연애 4년, 결혼 5년 동안 큰 다툼은 두세 번뿐이었다. 그래서 난 이번에도 남편이 나와 함께 이 위기를 잘 버틸 줄 알았다. 회사 창립 최초로 육아휴직을 1년간 하면서 남편은 육아를 도맡았다. 그러면서 남편의 마음에는 육아의 고통과 아이에 대한 무한한 애정이 공존하기 시작했다.

"작작해. 네가 멀쩡한 애, 장애인 만드는 거야. 장애라고 말하면 속이 시원하겠어?"

날 선 반응, 한 번도 듣지 못했던 욕설 섞인 말투…. 나는 그대로 얼어붙었다. 맞붙어 싸울 수가 없었다. 남편은 아이에게 정말 헌신적이었다. 세상이 무너지는 느낌은 나만 받은 게 아니었다. 남편은 항상 해결법을 찾는 사람인데 아이의 장애는 답도, 방법도 찾을 수 없는 문제였으니 막막하기는 마찬가지였을 것이다.

결국 선택한 건 대학병원을 함께 찾아 소아정신과 의사한테 직접 듣는 방법뿐이었다. 의사 선생님, 치료 센터에서 모두가 나에게 말했다.

"엄마가 참 빨리 잘 알아차렸네요. 엄마가 상황을 잘 받아들여서 아마 예후가 괜찮을 거예요."

보통은 남편들이 오히려 아이의 장애를 받아들이기 힘들어한다. 많은 이들이 자폐스펙트럼 판정 후 "남편은 어땠어요?" 하고 묻는다. 남편들에게 '왜 그럴까?'라는 아내의 의심은 크게 와닿지 않는 듯하다. 아내를 무시하거나 못 미더워서가 아니라 둘 다 비전문가이기 때문이다.

소셜미디어에서 활동하며 얻은 장점이 하나 있다. 바로 '당연하다 여겼던 것들이 누군가에게는 타인에게 물어보기 어려운 질문들'임을 알게 된 것이다. 언젠가는 자페스펙트럼이 배속에서 선별가능한 장애인 줄 알고 '감수하고 키우는 부모님들이 멋있다.'는 글도 봤다. 그 말에 화가 나기보다는 '발달장애 아이를 키우지 않았으면 나도 저랬을까?'라고 생각해보았다.

자폐스펙트럼에는 두 가지 케이스가 있다고 한다. 꾸준히 느리고 다른 아이보다 상호작용에 어려움이 있는 경우와 희수처럼 어느 순간까진 잘 자라다가 서서히 퇴행이 와서 결국 하던 것들을 몽땅 잃은 다음, 다시 발달하는 경우가 있다.

희수는 31개월에 대학병원에서 뇌파, MRI, 청력검사, 발달검사 등 5일간 병원에 입원해서 할 수 있는 검사는 다 했다. 발달검사 외 이상 있는 곳이 전혀 없으며 자폐스펙트럼이라는 진단을 받았다. 언제, 어떻게 생기는 것이 아니라 선천적이며, 지금까지는 미리 알 수 있는 방법이 전혀 없다고 한다.

크면서 완화가 되거나 어릴 때의 판정이 오진이라 아이가 비장애 아이로 판정이 바뀔 경우 자폐스펙트럼도 완치가 되는 장애라 인식될 때가 있긴 하다.

하지만 장애란 완치가 없기에 자폐스펙트럼이 완치되는 것은 불가능하다. "노력하면 괜찮아질 거예요."라는 말이 부질없는 이유고, "지인의 아이가 자폐스펙트럼 같은데…."라는 말에 "치료받게 해주세요."라고 할 수 없는 이유다.

때론 부모의 노력만으로 크게 완화되는 경우도 있지만, 한 달에 500~1,000만 원을 써도 유의미한 변화를 보이지 않을 때도 있다. 그렇기에 우리는 보이지 않는 희망과 절망에 번갈아 발 담그며 산다.

확답할 수 있는 건 아이는 멈추지 않는다는 것이다. 멈춰 있는 것처럼 보이는 순간조차 아이는 자신만의 속도로 부지런히 나아가고 있다. 주변과 비교하다 보면 뒤로 가는 것 같겠지만 나와 내 아이만 온전히 살펴보면 사실 앞으로 나아가고 있음을 알 수 있다.

과분하게도 아이가 나한테 와줘서 감사한 일이다. 희수가 내게 오지 않았다면 아마 나는 감히 이런 삶을 엄두도 못 냈을 것이고, 이 삶의 행복을 누리지 못했을 테니까. 다시 돌아간다고 해도 망설임 없이 희수를 품에 안을 것이다. 하지만 이 선택도 희수와의 일상들이 하나하나 쌓이기 전엔 선뜻 하지 못했으리라.

누군가에겐 안쓰러울 수 있는 삶이 나 자신에겐 나를 살게 하는 특별한 행복이라는 게 신기하기도 하다. 천재지변처럼 어떤 상황이 우리에게 닥쳤을 뿐이다. 우리는 그 안에서 발버둥 치며 살아가려는 무수히 평범한 사람이다.

제자리에서
맴돌았다

많은 사람들이 나한테 대단하다고 말한다. 스스로 생각하기에도 내가 정말 '대단했던' 시기는 희수가 20~37개월쯤이었다.

매일 나갔고, 매일 활동했고, 매일 말했다. 센터를 다니며 희수에게 도움이 될 만한 건 뭐든지 했다. 길바닥에 누워 울어도 절대 화내지 않겠다 다짐하며 아이를 기다려주었다. 몇 번이고 달려 나가는 희수를 숨이 턱 끝까지 차오를 때까지 달려가 붙잡더라도 매일매일 나가서 놀았다. 아쿠아리움, 바다, 산, 들, 강…. 아이가 좋아할 것 같으면 어디든, 무엇이든 가리지 않았다.

희수가 진단을 받고 1년 정도 우리는 주말부부였다. 주말엔 복직한 남편이 희수를 봤지만 일 때문에 매주 집에 올 수는 없었다. 결국 동생과 같이 살며 독점육아를 했다. 매일 내 능력 이상의 힘을 내며 아이를 키웠다. 영화나 소설 속 주인공들처럼 우리에게도 보상의 시간이 분명히 올 거라고 믿었다.

무엇보다 노력하면 괜찮아질 거라 생각했다. 혹여나 미디어의 영향일까 봐 미디어도 끊고 아이의 눈을 좇아다니며 이야기하고 웃고 즐겁게 지내려 노력했다. 끊임없이 힘을 내 죽기 살기로 열심히 했다. 말을 많이 해서 목이 쉴 땐 내가 열심히 한 증거라 여기며 오히려 반가워했다. 이런 노력이 쌓여 아이가 성장하리라, 이렇게까지 했으니 '잘될 거야.'라며 스스로를 위안했다.

하지만 희수는 단 1퍼센트의 변화도 없었다. 처음에는 괜찮아지길, 그다음엔 나와 대화라도 되길, 마지막엔 '엄마'라는 소리만이라도 해주길 바랐다. 그러나 단 한 가지의 소망도 이뤄지지 않았다.

1년이 넘도록 모양 맞추기가 안 됐다. 세모에 세모를 넣는 게, 동그라미를 동그라미에 넣는 게 그렇게 어려운 일일 거라곤 단 한 번도 생각해본 적 없었지만 희수에겐 어려운 일이었다. 2년 가까이 "주세요."라는 말을 한 번도 못했고 다른 아이들이 손가락으로 원하는 걸 가리킨다는 포인팅도 여전히 안 됐다.

배변 훈련이 되면 아이가 성장한다는 말에 기저귀를 벗겼다. 아이는 자기 똥 위에서, 오줌 위에서 찰박거리며 놀았다. 그걸 보는 게 너무 마음 아파 다시 기저귀를 입혔다.

아무런 발전이 없는 아이를 보는 게 숨이 막혀 미디어도 다시 보여줬다. 잔인하리만큼 노력한 것과는 별개로 아이의 발달은 더 이상 진행되지 않았다. 아이의 시간만큼 내 시간도 멈춘 것 같았다. 뭘 해도 제자리만 뱅뱅 도는 듯했다. 그 상황에 매몰되어 심지어 아이가 더 이상 예뻐 보이지 않았다. 미래가 무섭고 아이를 보는 데 지쳤다. 그런 내가 싫었고 살고 싶지 않아졌다. 그렇게 밑으로 밑으로, 감정의 끝으로 치달았다.

누워만 있었다

우울증이 무서운 건 본인의 우울감을 감쪽같이 숨길 수 있기 때문이다. 나는 남편 외의 사람에겐 내 감정이 전혀 드러나지 않게끔 멀쩡한 척 행동했다. 사실 나도 그렇게 능숙하게 내 상태를 숨길 수 있는 사람인 줄 몰랐다. 남편은 나랑 연락이 안 되면 동생에게 내 안부를 묻곤 했고 동생은 "도대체 형부 왜 그래?" 하며 이해하지 못했다. 겉으로 나는 번아웃이 와서 쉬고 싶은, 평범한 사람 그 자체였으니까.

하지만 남편과 주고받은 카카오톡에는 인생을 비관하는 말, 죽고 싶다는 말뿐이었다. 친구를 만나면 평상시처럼 웃고는 집에 와서 밤새 어떻게 하면 조금이라도 안 아프게 죽을 수 있는지를 검색하곤 했다. 문득 그런 내 상태를 깨닫게 되었을 때 위험하다는 생각이 번뜩 들었다.

"약이라도 먹어야 될 것 같아."

"약에 의지할까 봐 그래. 조금 더 생각해봐. 내가 더 잘할게."

화가 났다. 2주에 한 번씩 남편을 볼 때는 더 화가 치밀었다. "당신은 아이 옆에 있어주지도 못하는 아빠잖아."라고 윽박질렀다. 그런 아빠가 아이한테 무슨 소용 있냐며 남편의 마음을 할퀴고 빈정거리곤 했다. 남편은 더 이상은 안 되겠다며 주말부부는 그만하고 다시 합쳐야겠다고 했다. 아이에게도 아빠의 역할이 중요하다는 내 이야기에 결국 두 손 두 발 들었다. 주말 부부로 지낸 지 1년이 좀 넘었을 때 남편이 있는 곳으로 다시 와 함께 살기로 했다.

우습게도 남편과 다시 살림을 합친다고 생각하니 희수가 어린이집에 다시 잘 적응할 수 있을지 걱정이 됐다. 마음이 아파도 나는 어쩔 수 없는 엄마였다. 엄마이기에 나보다 희수를 더 챙겨야 했다.

나는 그렇게 우리가 다시 잘 살 줄 알았다. 남편은 우리가 함께 살면 본인이 집안일도 잘하고, 육아도 함께하면 내가 훨씬 안정이 될 거라고 생각했다. 헤어져 지내는 시간보다 같이 지낸 시간이 훨씬 길었으니까 당연히 희수도 안정된 곳에서 우리 세 식구가 잘 지낼 줄 알았다.

다시 같이 산 지 한 달. 결국 나는 악을 지르며 화를 내고 말았다.

"이럴 거면 그냥 날 여수에 두지 그랬어!!!!!!!!!!!"

평생 말을 못 하면 어쩌지

자폐스펙트럼 판정보다 더 힘들었던 건 아이가 평생 말을 못 할지도 모른다는 두려움이었다. 책은 물론 자폐스펙트럼 인터넷 카페나 육아 카페에서 이야기하는 수많은 사례를 찾아봤다. 자꾸 '그래도 36개월엔 단어를 구사하기 시작했다.'는 글만 보였다. 43개월까지 말다운 말, 단어다운 단어를 내뱉지 못하는 아이가 걱정되었다. 머릿속엔 '평생 말을 못 하면 어쩌지….'라는 생각들로 어지러웠다.

말을 못 하면 아이가 부당한 일을 당했을 때 내가 모르고 넘어가게 될까 봐 두려웠다. 배고프거나 아파도 혹시나 내 무심함에 아이의 기본 욕구조차 챙겨주지 못할까 봐 걱정됐다. 무엇보다 기본적인 안전이나 불편이 해결되지 않아 아이에게 문제가 생길 수도 있다는 두려움이 컸다.

남편을 잡고 '엄마'라는 소리 듣는 것조차 그렇게 큰 욕심이냐고 소리를 지르며 화를 냈다. 그래도 차마 아이한테는 소리치지 못했다. 내 큰 소리에 놀라 희수가 입을 닫을까 봐 겁이 났다.

어느 정도 인지가 올라오고, 모방이 돼야 말할 준비가 된 거라는데 옹알이조차 없이 침대에 누워 있는 아이를 보며 어쩔 줄 모르던 시기가 있었다. 바깥으로 나가자고 밖으로 끌어내면 이유 모를 짜증을 냈다. 오만 짜증을 다 내면서 바닥을 굴러다니다가도 아무 이유 없이 허공을 보며 웃기도 했던 아이를 볼 때면 지금 '내가 하는 모든 게 부질없는 건 아닐까?' 하는 생각이 들었다. 끝도 없이 두려웠던 순간들이었다.

상담도 받아보았다. 아이들이 커서도 말을 못 하면 글을 가르쳐 소통하기도 한다는 이야기를 들었다. 마치 그 말이 희수가 평생 말을 못할 거라는 의미로 받아들여졌다.

지금도 나는 희수가 말을 한다는 게 기적 같다. 정말 얄밉게도 희수는 내가 '자폐스펙트럼이든 아니든 상관없으니 엄마라고 말만 해줘.'라며 마음을 내려놓은 이후 부쩍 성장했다.

그저 함께 웃고 이야기 나눌 수 있다는 지금에 감사하고 행복할 수밖에 없다. 평생 말 못 하는 아이를 어떻게 감당하고 살아야 하지 고민하던 때도 있었지만 이제는 "엄마.", "아빠." 라고 부르며 자기가 하고 싶은 말을 하니까 그것만으로도 충분하다. 어설퍼도, 남들은 못 알아들어도, 언어로써 대화한다는 것 자체가 하루하루 기적이다.

지금도 동굴 속에 갇혀 있는 것 같은 어둠 속에서, 숨 쉬는 것조차 버거울 정도로 힘든 시기를 버티는 분들이 있을 것이다. 함부로 희망도 위로도 전하지 못하지만 적어도 혼자가 아니라고 느꼈으면 한다.

말을 안 해도
괜찮다고 생각했다

아이의 자폐스펙트럼 판정 후 나는 점점 남편에게 서운한 감정이 들었다. 함께 산 날이 훨씬 많은데 그간 떨어져 산 날 때문에 억울하기라도 했던 걸까. 남편과 다시 살림을 합치면서 서운한 게 쌓여갔다.

주말부부를 그만둔 것이 12월 초쯤이었으니 어린이집에 입소하는 3월까지 3개월은 독점육아를 해야 했다. '이럴 거면 왜 여기로 왔을까?' 하는 후회가 밀려들었다. 남편 역시 마찬가지였다. 하루 12시간 근무, 엉망이 된 집을 치우며 남편이 내쉬는 한숨이 비수처럼 날아와 꽂혔다.

자기가 같이 살자고 해놓고선 주말에도 근무를 나가는 남편이 미웠다. 하루 종일 희수와 있는 내가 불쌍했다. 그런 마음이 가득해졌다. 원망에 원망이 가득 차던 어느 날, 결국 남편에게 소리를 지르고 말았다.

남편은 그저 미안하다고 이야기한 듯하다. 솔직히 제정신이 아니어서 기억도 잘 안 난다. 그렇게 우리는 삐그덕거리면서도 서로에게 맞춰나갔다. 더 이상 희수에게 기대하지 않기로 했다. 내 노력이 희수의 발달과는 무관하다는 걸 받아들이기로 했다. 그저 엄마고 부모니까, 할 수 있는 만큼 최선을 다하는 거라고 다독였다. 아이가 아닌 나에게 더 의미를 두기로 했다. 인생의 끝에서 내가 후회하지 않을 만큼만 노력하며 살기로 했다.

40개월이 되었을 때 희수는 몇 개의 명사, 의성어, 의태어를 말할 수 있었지만 상호작용의 의미로 표현하거나 말하지 않았다. 희수가 평생 말을 하지 못할 수도 있다는 생각에 다른 상호 의사소통 체계를 찾기로 결심했다. 그림교환의사소통체계(PECS), 보완대체의사소통(AAC) 등을 공부하기도 했다.

대안 학교나 특수 학교를 알아보기도 했다. 희수가 행복한 쪽으로 미래를 구상해보기 위해서였다. 아이러니하게도 그러고 나니 희수를 대하는 게 더 편해졌다.

아이는 스스로가 원해서 태어난 것이 아니다. 내 욕심, 남편과의 나의 바람, 우리의 결실인 존재다. 그 애틋한 존재 그대로를 사랑하자고 되뇌었다. 아이를 내 인생의 좌절이라 하기엔 희수는 사랑 그 자체였다.

피규어를 줄 세우거나 손을 팔랑대거나 시각추구를 하거나 가끔은 이유 없이 허공을 보며 두 시간씩 웃어대는 희수를 보며 생각했다.

"있는 그대로의 내 아이, 희수구나. 내 아이를 있는 그대로 보자. 있는 그대로."

그렇게 받아들이기로 했다. 함께하더라도 온종일 아이에게 관심을 쏟아붓는 걸 과감히 그만두었다. 희수가 장난감으로 줄을 세우면 그저 옆에서 내가 하고 싶은 일들을 했다. 이상하게 그러고 나니 마음은 훨씬 더 편해졌다. 그리고 그렇게 두 달쯤 되었을 때였다.

"엄마."

헛것을 들었다고 생각할 정도로 비현실적인, 그날이 왔다.

그래도 엄마라는 말 한마디가 듣고 싶었다

절대로 포기하고 싶지 않은 게 하나 있었다. “엄마”라는 말. 그 말은 꼭 듣고 싶었다. 다른 건 다 포기해도 도저히 엄마라는 소리까지는 포기할 수가 없었다. 상호작용을 못 하는 아이라 말을 배우려는 의욕이 없어도 어쩔 수 없다며 마음을 내려놓았다. 그럼에도 딱 하나, ‘엄마’로 불리고 싶었다. 낮에는 습관처럼 아이에게 말을 걸고 언어 자극을 주고 웃어주고 놀아주었고, 밤에 누워서는 남편에게 말했다.

“엄마라는 말도 정말 욕심일까? 이것까지 포기해야 할까?”

“아니.”

도저히 안 될 거 같았다. 놀이터에서 어떤 엄마가 아이가 하도 자신을 불러서 피곤하다며 "엄마 좀 그만 찾아."라는 말을 했다는 이야기를 했다. 나는 그 말이 그렇게 아팠다. 그게 얼마나 간절하고 소중한데…. 나한테는 허락되지 않는 '엄마'라는 말을 듣는 것이 나한테는 큰 욕심인 것 같아 하루하루 아팠다.

대화를 원하는 것도, 많은 말을 원하는 것도 아니었다. 내가 주는 만큼의 사랑을 받기를 원하는 것도, 나를 보고 웃어주길 원하는 것도 아니었다. 그저 엄마로 불리고 싶은 한 아이의 엄마였다. 그렇지만 희수는 강아지, 오리, 병아리는 배워도 '엄마'는 말하지 않았다.

누군가는 옹알이로 듣기도 한다는데 난 옹알이로도 '엄마' 비슷한 소리도 듣지 못했다. 그러다 갑자기 희수에게 고요가 찾아왔다. 주기적으로 아이는 달라졌지만 옹알이마저 사라져 가는 모습을 볼 때면 무서웠다.

모든 걸 내려놨다고 생각했는데도 고요한 집이 무서웠다. 시선도 마주치지 않는 희수. 그 아이를 향한 외사랑은 끊어낼 수 없었다. 불러도 대답은커녕 고개도 안 돌린다. 희수는 나를 찾지도 부르지도 않는다. 억울함, 슬픔을 꾸역꾸역 삼키며 살아가던 어느 날 저녁이었다.

"엄마는 오늘도 재밌었던 하루였어. 희수 잘 자, 사랑해."

"엄마."

정말이지 헛것을 들었다고 생각했다. 그렇게 바랐으면서 막상 듣고 나니 거짓말 같았다. 기대하고 싶지 않았다. 그 후의 실망이 너무 무서웠으니까.

"희수야 뭐라고? 다시 말해봐. 엄마라고 한 거야?"

아이는 절대 두 번 이야기하지 않는다. 여전히 무표정으로 멍하니 허공을 응시하는 아이를 보며 가슴은 두근거렸지만 아닐 거라며 스스로를 진정시키며 잠이 들었다.

그리고 다음 날 아침, 희수는 씩 웃으며 거짓말처럼 "엄마."라고 한 번 더 불러줬다. 그리고 희수는 단어를 배우기 시작했다.

나는 비로소 행복해졌다

말을 시작하면 아이가 '기적처럼 좋아지진 않을까?'라고 생각했다. 엄마를 말하고, 단어를 말하고 몇 달 안에 문장을 하면 우리 집의 모든 근심과 걱정이 사라지고 밝은 미래만 있을 거라고 상상하곤 했다. 나에게 아이의 말은 마지막 희망이었다. 하지만 현실은 아이의 말하기가, 아이의 자폐성장애를 더 분명하게 깨닫게 해주었다.

영화나 소설에서 봤던 기적 같은 일은 여전히 일어나지 않았다. 단어를 말하기 시작했으나 의미가 없었다. 엄마라고 말만 해달라고 바랐던 내 모습이 무색하게 자꾸 이것저것 바라기 시작했다. 그리고 자꾸 아이를 가르치고 있었다. 어찌 보면 욕심이었다.

아이는 늘 내 예상과는 달랐고 이번에도 마찬가지였다. 아이가 단어를 말하는 순간들이 많아질수록 왜 희수가 자폐스펙트럼인지를 새삼 깨닫게 되었다. 소리나 빛, 촉감에 과도하게 예민하고 특정한 소리나 자극을 추구하는 것은 비장애 아이들도 겪을 수 있는 일이라 생각했다. 내 마음 깊은 곳에 있는 희망의 끈을 차마 놓지 못한 것이다.

말을 시작하니 아이가 다른 아이들과 너무나 달랐다. 의미 없는 소리의 반복, 상호작용이 아닌 단어의 나열들로 이뤄진 아이의 음성상동…. 고요했던 세상이 아무 의미 없는 소리들로 채워진 소음 가득한 세상이 됐다.

받아들여야 했다. 안 그러면 내가 죽을 것 같았다. 그래, 내가 원했던 단 하나. '엄마'라는 한 단어를 말했으니 그걸로 위안 삼기로 했다. 한 단어에서 두 단어로 문장이 되는 기간이 6개월 정도, 자발적인 요구어가 1년 정도 걸렸다. 나와 대화가 되기까지는 거기서 또다시 1년이 걸렸다. 지난한 시간이었다.

나는 아이를 만나 새 삶을 살았다. 행복했지만 또한 고통스럽고 괴로웠다. 나에게는 쉬운 것들이지만 아이에게는 어려운 것들을 바라는 게 무슨 의미가 있을까. 거기까지 이어지는 생각의 꼬리를 잡고 마음속을 헛헛하게 돌고 돌았다.

어쩌면 내가 아이를 인간으로서 성장시키고 완성시키겠다는 건 큰 욕심일지도 모르겠다. 나는 아이와 나의 하루를 그 자체로, 소중히 여기기로 했다.

나 역시 한없이 가볍게 살다가 서른 넘어 겨우 아이를 만나 천천히 한 인간으로 만들어지고 있는 존재다. 내 배를 빌려 태어나게 해줬다는 이유로, 고작 몇 년 산 아이를 뭘 더 완벽하게 이끌 수 있을까?

아침의 인사, 오전의 소란스러움, 오후의 즐거움, 하루를 끝내며 고마웠다는 끝인사를 나눈다. 그리고 이 정도면 후회 없이 사랑하는 하루였다고 나 자신에게 속삭인다. 그것만으로도 다행이었다.

나는 비로소 행복해졌다.

2장

자폐성 장애아의 부모로 산다는 것

이제 나는
어떻게 되는 걸까?

'이제 나는 어떻게 되는 걸까?'

나는 이 질문은 의도적으로 피하고 산다. 나조차 나의 미래를 모르니까. 가끔 '이제 우린 어떡해야 해요?' 하고 누군가 길 잃은 메시지를 보내올 때 나 역시 키보드 위에서 손가락이 주저앉는다. 어떻게 대답해야 할지 막막해서다.

'희망을 가지세요.'라는 공허한 메시지? '그냥 버텨봐야죠.' 하는 말? 결국 '같이 힘내야죠. 오늘만 보면서.'라는 말을 건네면서 '왜 나는 이런 말밖에 하지 못할까?'라며 자책한다. 그렇다고 누군가에게 선뜻 희망찬 미래를 건네줄 수 없다. 나의 미래 역시 희망으로만 가득하지 않다는 걸 잘 알기 때문이다.

아이의 장애를 오픈하고 산다는 것은 생각보다 쉽지 않다. 주변의 시선이 두려워서는 아니다. 희수에게 남은 부채감이 늘 마음 한구석에 자리 잡고 있기 때문이다. 그리고 마음 깊은 곳의 나는 '아무리 부모라고 해도 아이의 장애를 이렇게 알리는 게 맞느냐.'고 외치고 있다.

그러다 문득 오래전에 나와 같은 길을 뚜벅뚜벅 걸어간 사람들을 생각해본다. 그리고 그들의 경험을 얻어낼 때면 전율이 인다. '지금보다 상황이 더 힘들었던 그때도 나 같은 사람들이 열심히, 애쓰며 살았구나.', '먼 훗날 내 모습도 썩 괜찮을 거야.'라는 생각에 큰 힘을 얻는다.

희수는 만 나이 여섯 살, 여덟 살인 초등학생이다. 하지만 나는 희수가 만 네 살 정도라고 생각한다. 내가 생각하는 희수의 나이는 발달에 따른 나이이다.

"희수는 아직 글자를 못 쓰는데, 아직 숫자도 모르는데…."

아이의 장애를 받아들이든 못 받아들이든 어쩔 수 없이 주변의 아이들과 비교하게 된다. 끝없는 비교가 불안을 낳는다. 비교보다 중요한 건 아이의 진짜 '발달 나이'를 아는 것이다. 가끔 '자페스펙트럼인 게 확실한데 검사가 무슨 소용이 있느냐.'라고 여기는 분들도 있지만 그래서 나는 더 정확한 검사가 필요하다고 생각한다.

희수는 다섯 살 초까진 돌 이전 나이로 나왔다. 검사를 해도 잘하면 12개월 정도의 수준, 혹은 그 이하. 말을 평생 못 할 수도 있다고 들었다. 음성모방도, 행동모방도 안 됐다. 그때 내가 제일 무서웠던 건 '불가능'을 무기력하게 받아들이고 멈추는 것이었다. 아이가 1퍼센트만 더 노력하면 말할 수 있는데 스스로 좌절에 꺾여 평생 안 되는 건 줄 알고 살까 봐, 그게 제일 무서웠다.

부모의 노력이 부족해서 아이의 가능성을 막은 거라면, 혹여나 내가 그걸 너무 늦게 깨달아버린다면? 아마 그 순간부터 정말 생지옥일 것 같아서 죽기 살기로 노력할 수밖에 없었다. 당시를 되짚어보면 최선을 다하는 것만으로도 하루하루가 부족한 날들이었다.

노력해서 안 되면 적어도 후회는 남지 않을 것이다. 하지만 노력해보지도 않고 몇 년, 몇십 년이 지나서야 "그때 더 잘해볼걸, 더 노력해볼걸…." 하면서 후회하는 내 모습을 상상하는 것만으로도 너무 끔찍했다.

죽기 살기로 해보자고 마음먹은 뒤 여섯 살 초반 즈음 첫 성과가 나타났다. 희수의 언어발달이 12개월이라는 결과지 이후 언어발달 검사가 26개월로 나온 것이다. 다른 사람에게는 어떨지 모르겠지만, 희수가 여섯 살에 받은 26개월이라는 언어발달 나이는 그만큼 나에게 중요했다. 희수가 1년간 14개월만큼의 발달을 보여줬기 때문이었다.

다른 사람과 출발점이 다른 아이를 애초부터 동일선상에 두는 것 자체가 가혹하다. 열심히 엉금엉금 기어서 토끼들을 쫓아가려는 희수. 이제 아마 44개월 즈음의 속도겠지만 아이는 아이대로 잘 커가고 있다. 좀 느려도, 내가 옆에 있다면 세상에서 가장 늦더라도, 의미 있는 완주를 할 수 있을지도 모른다.

가족 모두가
행복해진다는 것

나는 평생 하고 싶은 것만 하고 살았다. 결혼 역시 마찬가지였다. 이게 무슨 철없는 소리인가 하겠지만 시골 촌구석 다닥다닥 붙은 10평짜리 아파트로 신혼집을 정하면서도, 남들이 꿈꾸는 미래보다 눈앞의 행복을 꿈꾸는 사람으로 살자고 했다.

"나는 평생 철없이 살 거야. 자기도 책임지려 하지 말고 언제든 힘들면 관둬."

우리 둘은 거뜬히 서로를 건사하면서 살 수 있으리라 생각했다. 아이가 태어나기 전까지 그렇게 믿고 살았다. 하지만 아이가 장애를 진단받고는 이야기가 달라졌다. 남편이 손가락뼈가 다 보이게 다쳐서 오던 날, "그래도 손가락이 안 잘린 게 어디야?" 하며 담담하게 말하는 남편을 보면서도 아무 말 하지 못했다. 그리고 수없이 다쳐서 응급실로 향할 때도 "이제 더 이상 그런 위험한 일은 그만두고 우리 그냥 행복하게 살자."라고 말하지 못하는 아내가 됐다.

남편에게 "너무 힘들면 그만둬."라는 말이 목구멍까지 올라왔지만 차마 하지 못했다. 당장 치료비, 생활비가 필요하고, 희수한테 해주고 싶은 것들이 너무 많은데 남편의 희생으로 쌓아올린 가정의 행복을 사정없이 망치로 두들겨 깰 수가 없었다.

지치다 못해 무표정해가는 표정들을 보면서도 마찬가지였다. 밤새 일하고 와서도 어질러진 집을 청소하고, "희수 보느라 힘들었지?"라고 묻고 더 쉬라고 등 떠미는 남편이었다. 그런 모습을 보면 어떨 때는 희수를 볼 때보다 더 짠하고 마음 아팠다.

초등학교에 들어가면 어떤 집에서 사는지, 자가인지 전세

인지도 물어본다는 요즘 세상에 비싼 집은 아니더라도 내 집 하나는 마련하자는 게 목표가 됐다. '대출을 받아 이제 집을 사도 괜찮지 않을까?' 하던 순간, 나는 포기하기로 했다.

나는 내 행복을 잘 영유하며 육아하는 행복한 엄마지만 남편의 희생 위에 세워진 행복이라는 생각에 이르렀다. 그리고 결단을 내렸다.

"12년 일했으면 됐어. 다녀와서 안 되면 나도 뭐라도 할 게 괜찮아. 퇴사해 그냥. 우리 자기가 하고 싶은 여행 떠나자."

3년 전, 스트레스에 온몸이 짓눌린 남편을 보고도 "우린 아픈 아이를 키우잖아." 하며 눈을 질끈 감았던 내가 차마 하지 못했던 말이었다. 따로 또 같이 살아온 우리 가족이 진정 행복한 것이 무엇인지 다시 생각하고 내린 결론이었다.

'보통'이라는 말에 갇히지 않기

47개월인 무발화 친구에게 뭘 해줘야 하느냐는 질문을 받았다.

> "아이에게 사랑을 더 많이 주세요. 비교나 발달에 대한 평가가 아니라 한 번 더 안아주고, 사랑한다고 말해주세요."

아이의 발달에 필요한 수업들은 센터든 유치원이든 어린이집에서든 얼마든지 도와줄 수 있다. 하지만 엄마의 무한한 사랑과 믿음은 오직 엄마에게서만 받을 수 있다.

물론 그 질문은 당장 아이의 발달을 위해 무엇을 할 수 있는지에 대한 것이었다. 그리고 질문에 대한 답도 알고 있다.

아이와 함께 밖으로 나가 바깥 놀이를 하고, 숲에 가서 함께 뛰어논다. '후후' 입으로 부는 활동이 입 근육 발달에 좋으니 민들레 홀씨도 불게 해준다. 아이가 민들레 홀씨를 불 때 옆에서 불어 아이가 성공한 것처럼 북돋아준다. 촛불이 위험하다면 촛불 팝업북으로 부는 시늉을 하고, 리코더를 연주하고, 종이를 찢고, 클레이를 만지게 한다. 신발을 제대로 신을 수 있을 때까지 알려주고, 아이가 어려워할 때는 살짝 도움을 주며 성공의 경험을 맛보게 한다. 이 모든 것이 아이의 발달에 도움이 되는 활동이다.

그런데 가끔은 이러한 활동들이 그저 온전히 아이를 위한 것은 아니라는 생각을 한다. 어쩌면 세상의 시선, 세상이 정한 규격에 맞추기 위함은 아닐까. 아이의 '보통' 나이, '정상' 안에 들기를 원하는 엄마의 간절한 바람, 정상까진 아니라도 그저 제대로 된 생활을 영위하기를 바라는 엄마의 마음은 아닐까.

나는 희수가 '정상'의 범주에 들기를 바라며 어디든 데리고 돌아다녔다. 좋다는 걸 다 하며 '이 정도면 할 만큼 했다.'고 자위하기도 했다. 이 모든 걸 다 경험해본 내가 유일하게 후회하는 단 하나가 바로 좀 더 아이와 눈 맞추며 그 순간의 아이를 온전히 사랑했어야 한다는 것이다.

아이의 시선이 나에게 머물지 않는다면, 내가 쫓아갔어야 했다. 아이가 사랑을 못 본다면 사랑을 그려줘야 했다. "이거 해보자.", "저거 해보자." 하며 아이가 이룬 작은 성공에 기뻐하고 무수한 실패에 실망하지 말았어야 했다.

어쩌면 이 모든 건 해봤으니 할 수 있는 후회라 생각한다. 다 해봤으니까, 마음껏 노력했으니까 후회도 허락된 것이 아닐까.

나라는 사람은 정말 미숙한 존재다. 희수는 겨우 여덟 살. 운 좋게 지지하는 친구들도 많고 주변의 응원도 듬뿍 받았다. 최근 소셜미디어를 통해 여러 사람과 고민을 공유하며 더 실감했다. 나보다 훨씬 뛰어나며, 나보다 먼저 이 과정을 겪고 느끼고 안 분들이 훨씬 더 많다는 것을 말이다.

그래도 결국 선택은 부모가 하는 것이다. 책임 역시 온전히 부모만이 질 수 있다. 그 무게는 생각보다 훨씬 무거울 것이다. 그럼에도 기꺼이 어려운 길을 가는 모든 부모들이 후회보다는 자신의 선택이 최선이었다고 말할 수 있었으면 좋겠다.

엄마가 되고 싶었다

친구들 중에 가장 결혼을 안 할 것 같은 사람, 그게 나였다. 서울에 잠깐 다녀온다고 하고 1년간 집에 안 간 적도 있고, 보라카이를 여행한 후 그곳이 정말 마음에 쏙 들어 1년 동안 네 번을 다녀온 적도 있었다.

나는 그때그때의 감정에 따라 충동적으로 가볍게 사는 사람이었다. "언젠가 해외에서 객사할 거 같아." 하며 친구들에게 웃으며 말하곤 했다. 그때는 정말 그렇게 내 생의 마지막을 해외에서 보내길 바랐다. 그러니 어디 한군데에 매여서 안정적으로 가정을 꾸려야 하는 결혼은 남의 이야기라 생각했다.

그런데 어느 날 갑자기, 남자친구와 결혼이 하고 싶어졌다. 심지어 "내년까지 결혼 안 하면 헤어지자."고 선포하고 아무것도 준비 안 된 상태였던 남친에게 결혼하자고 했다. 둘 다 아이는 딱히 생각이 없었고 그냥 이렇게 재밌게 살면 되겠거니 하고 가벼운 마음으로 결혼했다. 양가에 손 안 벌리고, 10평짜리 작은 아파트에서 월세로 결혼생활을 시작했다.

남편은 나랑 정반대의 사람이었다. 충동적인 나를 만나 새로운 세상을 알게 됐다. 해외여행도 처음, 스키장도 처음, 패밀리 레스토랑도 처음이었다. 게임 퀘스트를 깨듯 도전하는 모든 것이 새롭고 재밌었단다. 뭐든 가볍게 생각하는 내 덕에 딱히 어려울 것도 없었다. 4년이라는 연애 기간 동안 큰 문제 없이 지내다 우리는 그렇게 결혼했다.

"나 하나도 책임지기 힘든 세상인데 아이는 힘들 것 같아. 아이를 위해 내 삶을 포기할 수도 없고."

이런 이야기를 나누며 딩크로 살자고 약속했다. 그러나 신혼여행 다녀오고 한 달 뒤 임신했다. 그때 나는 여수에서 남편이 일하는 지역으로 오면서 일을 관두고 피부미용과 네일 아트를 국비로 지원받으며 배우러 다녔다.

네일 아트는 혼자 재미로 하다가 제대로 배워 일하고 싶은 욕심이 들었고, 어차피 국비 지원이면 피부미용 자격증도 한 번 같이 따보자 생각해서 같이 다녔다. 필기는 합격하고 실기만 남은 상태였다. 그러던 어느 날, 갑자기 생리를 안 하더니 임신테스트기에 두 줄이 떴다.

마음이 복잡해졌다. 애를 낳을 생각도 없었는데 한 번의 실수라는 이런 뻔한 레퍼토리가 내 인생에 존재하다니. 그렇다고 해서 딱히 고민한 건 아니었다. '당연히 낳아야지 뭐, 결혼했고 의도하지 않았더라도 아이가 생겼으니.' 하고 생각했다.

하지만 아쉬웠다. 자격증만 따고 아이를 키우다 일하긴 어려울 것 같았다. 그런데 자꾸 하혈을 했다. 남편은 학원에 가지 말라고 했다. 무리해서 그런지 집에서 누워만 있었는데도 자꾸 아침이면 피가 보였다.

인터넷에 찾아보니 '임신 초기엔 그럴 수 있다.'는 의견들이 많았다. 배를 움켜잡고, 혹여나 내 탓에 아기가 잘못되는 일은 없길 바랐다. "괜찮을 거야, 괜찮아."라는 말을 주문처럼 외며 빌고 또 빌었다.

아침에 일어나 병원에 가니 아기집이 안 보인단다. 두 줄을 확인하고 2주 후에 간 거라 이맘때면 아기집이 보여야 한다는데 한참을 찾아도 안 보여서 피검사를 하고 왔다. 어쩐지 기분이 이상했다. 1차 피검사 후 2차까지 이틀 간격으로 추적 검사를 해야 한다고 했는데 피검사를 하고 온 날부터 배가 많이 아팠다. 그냥 '자궁이 커지느라 그런 거겠지.', '별일 아니겠지.' 하고 이리저리 누워봐도 괜찮지 않았다. 밤에 출근하는 남편에게 겨우 인사 한마디 하고 타이레놀을 삼키며 아직 초기니까 괜찮을 거라 스스로 위로하며 침대에 누워만 있었다.

그러다 결국 혼자서 택시를 잡아타고 산부인과 응급실을 찾아가 걷지도 못하고 손발로 기어 간호사를 찾았다. 뭔가 잘못됐다는 걸 느낌상 알 수 있었다. 간호사가 급하게 의사를 호출했다. 의사는 초음파를 보더니 자궁이 아닌 난소에 아기집이 보인다고 했다.

"자궁외임신이네요.. 이렇게 아프면 수술해야 할 것 같습니다."

“자궁외임신이라는데 왜 수술을 해야 할까요?”

“아기집이 자리를 잘못 잡았을 때 초기면 약으로 유산을 시킵니다만, 이렇게 아프고 피가 보이면 나팔관 하나를 절제해야 해요.”

나는 그렇게 아이를 떠나보내는 수술을 했다. 평생 처음 해보는 수술이었다. 나팔관 안으로 피가 이미 고여 있었다고 한다. 어차피 약으로는 안 되어서 수술은 불가피했다. 수술하고 회복실에서 일어나 멍하니 배를 쓰다듬었다.

‘여기에 아기가 있었구나, 이젠 아기가 없겠구나. 아기는 아프진 않았겠지?’라고 생각하며 병원에 누워 있는데 누군가 내 마음을 매 초마다 할퀴는 느낌이었다.

결국
엄마가 되었다

산부인과에서 수술하고 입원을 하면 호칭은 엄마가 된다.

"아기 엄마, 밥 먹어요."

다정한 말에 일어나 꾸역꾸역 숟가락질을 한다. '아기 엄마, 아기 엄마'라는 말이 맴돈다. 나는 누구의 엄마일까. 예상치 못했던 임신, 피치 못할 사정으로 아기를 떠나보냈다. 태명마저 존재하지 않았던, 불릴 이름조차 없이 사랑한다 말 한마디 속삭여주지 못하고 가버린 내 아가.

축복 어린 공간 속에서 나만 유일하게 이름조차 없는 아기를 보낸 아기 엄마가 되어 3일을 머물렀다. 마지막 의사 선생님과의 면담에서 아기한테 너무 미안하고 축복도 못 해주고 얼떨떨해하기만 하다가 그렇게 보내버렸다고 대성통곡을 했다. 겨우 다음 날 몸을 추슬러 집에 와 우린 아기를 가지면 안 될 것 같다고 남편과 이야기를 나눴다.

그때를 떠올리면 항상 힘들고 눈물이 난다. 하지만 지금은 웃을 수 있다. 이름도 없이 그렇게 사라져버린 소중한 존재로 인해 '좋은 엄마가 되는 법'을 고민할 수 있었기 때문이다.

부질없지만 그때 엄마가 됐으면 어땠을까? 아마도 형편없는 엄마가 아니었을까. 아이가 건강한 게 당연하다 여기며 '너를 위해 내가 얼마나 희생했는지 알아?'라고 생각하는 어리석은 엄마가 되었을지도 모르겠다.

그렇게 시간이 흘렀다. 시부모님을 모시고 내가 좋아하는 보라카이를 가기도 하고, 친구들과 즐거운 하루하루를 보냈다. 그러면서 문득문득 밀려드는 슬픔과 아쉬움은 꾹꾹 누르고 살았다. 꽤 괜찮은 시간이었다. 하지만 가끔은, 또다시 실수를 가장해서 아기를 만나고 싶기도 했다.

어느 날, 아버님이 밤에 갑자기 쓰러지셨다고 연락이 왔다. 그리고 대학병원에 급히 입원하셨다. 폐가 많이 상해서 조직검사도 안 된다고 했다. 90퍼센트 이상의 확률로 암일 거라 했다. 아버님은 암 병동으로 입원하셨고 입원 두 달여간 뵐 때마다 점점 수척해지셨다.

시부모님이 나한테 부담을 주신 적은 없지만 항상 아기를 바라신다는 건 알고 있었다. 우리 부부는 각자 서로의 부모님을 알아서 설득하기로 했기 때문에 나한테까지 부담이 전해지지는 않았다. 하지만 남편은 외동아들이었다.

이미 신혼 초에 딩크로 살겠다는 굳은 다짐은 깨졌다. 아버님이 아프시니 나 역시 아기가 갖고 싶었다. 우리는 임신을 '한 번의 실수로도 가능했던 거니까.'라고 가볍게 여겼다.

암이라 했던 아버님의 병명이 오진으로 판명되고, 우리는 아이를 갖기로 했다. 노력해서 예쁜 아가를 안겨드리자 하며 노력했지만 그 달도, 그다음 달도, 1년이 지나도 아이는 생기지 않았다. 배란테스트기를 사고 병원에 가서 날을 잡고 좋다는 날마다 열심히 노력했는데 아이는 생기지 않았다.

혹시 내가 벌을 받은 걸까? 작은 다리로 아장아장 나에게 왔을 때 축복해주지 못하고 환영하지 않아서 안 오는 건 아닐까? 별별 생각을 다 했다. 임신이라는 두 글자에 매달려 미친 사람처럼 살았다. 한 달에 임신테스트기만 30개 정도 썼던 것 같다. 보이는지 안 보이는지 그 희미한 줄 한 번 보겠다고 불빛에 비춰 봤다가, 시간 차를 두고 봤다가 생리가 시작되면 미칠 듯이 화가 나곤 했다. 나중에는 내가 아이를 바라는 건지 나한테 문제가 없다는 걸 확인받고 싶은 건지 알지 못할 정도로 임신 자체에 집착했다.

그 누구에게도 임신 준비 중인 사실을 알리지 않았다. 그러다 어느 날 친구가 임신했다는 전화가 오면 축하한다는 말이 목구멍 끝에 걸려 나오지 않았다. 축하한다는 말을 겨우 꺼내곤 전화를 끊은 뒤 펑펑 울었다. 질투가 아닌 처량함, 내가 친구에게 축하도 마음껏 해주지 못한다는 자괴감이 들어서였다. 또 나 스스로의 못난 모습에 미칠 것 같았다.

좋아하던 여행도 가지 못했다. 혹시나 여행을 가거나 시기를 놓치면 임신이 안 될까 봐. 임신이 될 확률은 건강한 남녀 기준으로 20퍼센트, 그중 확률이 높은 날짜는 배란일 포함 일주일 정도라고 했다. 배란일이 지나면 혹시 수정이나 착상 과정 중에 내가 무리해서 잘못될까 봐, 생리가 지나면 이미 임신이 안 되었다는 그 자체로 너무 우울해서 여행이고 뭐고 아무데도 가지 않고 집에 머물렀다.

'예쁜 아기가 오면 얼마나 행복할까.'라는 마음은 '임신이 아니면 안 돼, 왜 임신이 안 되는 거야? 나만 빼고 저렇게 쉽게 되는 게 왜 안 되는데? 나팔관 한 쪽만 있어도 괜찮다고 했잖아.'라며 스산해졌다. 그렇게 나는 끝으로 치닫고 있었다.

나의 강박에 남편 역시 부담스러워하고 우리의 관계는 사랑이 아닌 임신을 위한 것 같았다. 누군가에겐 실수로도 시작되는 부모 자식 관계가 이토록 간절히 바라도 쉽게 얻어지는 게 아니라는 걸 뼈저리게 느꼈다. 이런 악순환이 계속되다 2년이 다 되던 때, 난임병원을 방문했다. 나는 난임병원을 찾게 될 거라 생각하지 않았다. 관계만 하면 아기가 생길 줄 알았다. 임신과 출산이 이렇게 어려울 줄 상상도 하지 못했고 힘들어도 노력하면 당연히 언젠가 아기는 자연스레 올 줄 알았다.

무서웠다. 1년 이상 충분히 노력해서도 임신이 안 됐으면 난임이라고 했다. 일단 하나 남은 나팔관이 뚫려 있는지 확인하기 위해 나팔관 조영술을 해야 한다고 했다. 임신, 출산 그 쉬워 보이던 단어 두 개 사이엔 내가 모르는 세상이 잔뜩 있었다. 누군가는 출산 때보다 조영술이 아팠다고 하고 누군가는 제대로 뚫려 있으면 괜찮다고 하고, 굴욕 의자보다 더 굴욕적인 자세로 조영제를 넣는다며 슬퍼하기도 했다. 나름 씩씩하게 혼자 들어가 간호사가 안으라며 주는 아가 인형을 받아 꼭 쥐고 자세를 잡는데 하염없이 눈물이 났다.

철제 의자에 볼품없이 누워 임신이 잘되는 몸인지 안 되는 몸인지 확인하는 과정이 너무 처량했다. 조영제가 들어가면 많이 아플 수 있으니 소리를 내보라는 말에 "아." 하면서 '도대체 나는 여기서 뭘 하고 있는 걸까?'라고 생각했다. 그 과정을 겪으며 나팔관 조영술을 했는데도 시원스레 답을 얻지 못했다.

"뚫려 있긴 한 거 같은데, 애매하네요. 이럴 거면 그냥 나팔관

하나 더 절제하고 시험관을 하는 게 낫겠습니다."

이제 더는 못 하겠다는 생각이 들었다. 사실 좋은 엄마도 될 수 없을 것 같았다. '엄마라는 이름이 나한테 맞기나 한 걸까?'라는 회의가 들었다. 어쩌면 나는 책임감이 아닌 오기로 아기를 갖고 싶어 하는 건 아닐까? 과연 시험관까지 해서 엄마가 된들 괜찮을까? 아이를 사랑할 수는 있을까? 생각이 꼬리에 꼬리를 물었다. 병원을 나와 남편에게 전화를 했다.

"나 그냥 포기할래."

"그러자. 그냥 우리 둘이 살자."

몸도 마음도 추웠던 1월. 임신 준비 기간 동안 조심하느라 아무것도 하지 못했던 것을 보상이라도 받듯 남편과 스키장도 가고 스키를 타다 굴러서 내려오기도 하며 실컷 놀았다. 지금까지의 기다림은 날려버리고 그렇게 막 돌아다니며 즐겁게 지냈다. 그러다 설날이 되었고 처음으로 찾아뵌 시외숙모 댁에서 끊임없이 임신에 대해 눈치를 받다가 귀가하는 길에 남편에게 처음으로 소리쳤다.

"도대체 왜 저러시는 거냐고. 당신 진짜 처신 제대로 안 할 거야?"

그리고 그 달, 임신 테스트기에 두 줄이 떴다. 나중에 알고 보니 시외숙모님이 그때 태몽을 꾸셨는데 주변에 임신할 만한 사람이라곤 우리뿐이라서 집요하게 물어봤다고 하셨다.

임신을 준비하면서 정말 싫었던 이야기가 있다. 바로 '마음을 편히 내려놓아야 아기가 찾아올 것'이라는 말이었다. 이미 내 마음은 임신으로 가득 차서 다른 여유조차 없는데 많은 이들이 그렇게 조언했다. 내 상황이 화도 났고, 짜증이 났는데도 그걸 그대로 쏟아부으면 예민한 사람이 될 거 같아서 그냥 넘기곤 했다. 그런데 나 역시 임신에 대한 미련을 버리자마자 임신을 했다(이 정도면 삼신할매, 잠깐 나 좀 봐유. ^^).

나보다는
희수가 더 힘들 거야

처음 희수가 자폐스펙트럼 진단을 받았을 때, 나는 그다지 우울해하지 않았다. 드라마 때문인지 '자폐스펙트럼=천재적인 면이 있는 사람'이라 인식하는 이들도 있고 나 역시 '아이가 잘하는 거 하나를 찾아서 잘 키울 수 있지 않을까?'라 생각하기도 했다. 30개월에 방문했던 대학병원에서도 엄마가 잘하고 있으니 아이가 괜찮을 거라 말해주어 그렇게 믿었다.

하지만 실제로 찾아보고 경험한 '발달장애'라는 세계는 달랐다. 자폐스펙트럼에 대해서 제대로 알지 못하는 사람들이 극히 일부분의 케이스를 보고 '자폐스펙트럼은 천재'라 이야기하는 것임을 알게 됐다.

어쩌지? 나는 자신이 없는데, 장애아의 엄마는커녕 한 아이의 엄마로서도 살 자신이 없었다. 아이가 커가면서 '그래도 나아지지 않을까?'라는 생각은 36개월의 벽에 막혀 산산이 부서졌다. 자폐스펙트럼 성향을 가진 다른 친구들도 36개월엔 단어를 말하기 시작했지만 우리 희수는 아직 옹알이도 못 했다.

천천히 마음을 비웠다. 사람들 속에서 복작복작 살았던 내 세상은 다 깨져버리고 작은 파편 위 나와 희수, 남편만 남아 정처 없이 흘러가는 삶을 살아야만 하는 듯했다. 차라리 누군가의 잘못이기를, 뭔가 이유가 있기를 바랐지만 그게 아니었다. 그냥 그렇게 타고나는 거였다.

15개월까지 누구보다 성장이 빨랐다고 이야기해봐도 소용없었다. 자폐아에게 퇴행이란 흔한 일이며 전형적인 자폐스펙트럼의 특성이라는 말을 들었다. 아이가 평생 말을 못 할 수도, 감정 교류도 이뤄지지 않을 수도 있다는 걸 조금씩 마음을 깎아내며 배웠다.

'그래, 나보단 희수가 힘들지. 아이한테 이 세상 자체가 오답일 텐데 거기에 맞춰달라고 끊임없이 요구해야 하는 나보다 어떻게든 살아보려는 희수가 더 힘들 거야.'

그런 마음으로 아이를 사랑했다. 마음은 마음대로 안 되는 거라더니 아이를 사랑하는 마음은 커져만 갔다. 부모이기 때문이었다. 그리고 희수가 드디어 "엄마."라고 말했을 때 결심했다. 그저 아이를 완벽하게 안아주기로.

고맙고, 고맙게도 내가 모든 걸 내려놓았을 때부터 아이는 놀랍게 성장했다. 지금 와서는 내 삶의 가치가 희수를 만나고 키우는 데 있었던 것 같은 생각마저 든다.

아이를 만나기 전의 내 삶은 그저 껍데기 같았다. 누군가의 엄마가 되기에는 버거웠다. 그 버거운 짐을 지고 싶지 않아 발버둥 치던 나는 이제 희수 엄마라는 새로운 이름을 얻게 되어 감사할 뿐이다. 그리고 내 인생이 희수의 조력자로 마무리되더라도 행복하게 눈감을 수 있다고 생각하는 날들을 맞게 되었다.

희수는
언제 말이 트였나요?

많은 발달장애 아동의 부모님의 주된 관심사가 언어다. 무발화 기간이 길어질수록 자꾸 우리 아이는 출발 지점에 서지도 못했다는 기분이 들었다. 그러다 말만 시작되면 아이가 기적처럼 괜찮아질 것 같은 희망을 품는다. 누군가 언어가 트였다고 하면 부럽고 그 비결이 궁금해진다. 내가 가장 많이 받은 질문 역시 '언어가 언제 트였어요?'다.

고기능 자폐스펙트럼 아이들은 언어가 뒤처지지 않거나 금방 따라잡는 경우가 있다. 하지만 대부분의 자폐스펙트럼 아이들은 오히려 지적장애를 동반한 경우가 많고 무엇보다 가장 큰 문제점은 의사소통에 대한 의지가 거의 없다는 것이다.

말은 타인과의 상호작용이다. 비장애 아이들은 관심을 받고 싶어 하고, 관심사를 공유하고 싶어 하고, 이야기하고 싶어 한다. 하지만 자폐스펙트럼 아이들은 사회성의 결여나 부족으로 굳이 누군가와 공유하려는 게 없고, 대화하려는 의지도 없다. 이런 성향의 아이를 잡고 언어를 가르쳐야 한다. 가끔 나는 이를 두고 이렇게 비유한다. 프랑스에 전혀 관심 없는 사람을 프랑스라는 나라 한가운데로 뚝 떨어뜨린 다음에 "이제부터 프랑스 언어와 문화를 익혀서 프랑스에서 살아가야 해."라고 말하는 것과 같다고. 그래서 아이에게 언어를 가르칠 땐 아주 조심히, 작은 부분부터 다가가야 한다. 내가 가르치고 싶은 말이 아니라 아이가 원하는 것부터 시작하는 게 좋다. 말해야 원하는 걸 얻을 수 있다는 사실을 알려줘야 한다.

나는 '엄마'라는 말이 듣고 싶어서 수백, 수천 번 '엄마'라는 단어를 말했지만 결국 희수가 먼저 말한 건 초코나 과자 같은 단어들이었다. 생각해보면 당연히 희수는 엄마보다는 맛있는 게 더 먼저였고 이에 맞춰 단어를 확장해야 결국 내가 원하는 단어까지 가닿을 수 있다. 언어치료 센터에서 "주세요."나

"줘."부터 시작하는 것 역시 그런 이유가 아닐까. 아이 스스로 원하는 게 생기면 이를 몸보다 말로 표현하는 것이 훨씬 쉽다는 걸 깨달을 테니까 말이다.

언어를 어떻게 가르치는지가 중요한 게 아니다. 언어의 필요성을 어떻게 알려줄지를 고민해봐야 한다. 상호작용을 시작하는 도구로써 언어가 필요하다는 걸 몸으로 느껴야 한다. 말은 끝이 아니다. 아이를 키우는 데 또 다른 시작점에 불과할 뿐이다.

그럼에도
약을 먹이는 이유

"희수는 약물 복용 없이 어떻게 이렇게 잘 키우신 거죠?"

이 말에는 정신과 약만은 먹이고 싶지 않다는 바람과 두려움이 섞여 있다. 희수는 여섯 살이 되던 해 11월, 생일이 지나면서부터 소아정신과에서 처방받은 약을 먹이고 있다. 언젠간 희수에게 '약물 복용'이 필요할 거라 생각했고 당연한 수순이었다. 의사 선생님이 부모가 아닌 유치원 선생님의 객관적인 피드백을 통해 약의 부작용과 효과를 알아보기가 더 쉬우니 지금 먹여보는 게 낫다고 조언해주셨다. 희수가 학교에 입학하기 전에 미리 알아보는 게 좋을 듯해서 나도 동의했다.

사실 약물 복용까지 가는 건 부모에게 괴롭고 힘든 일이다. 더 서글픈 건 그렇게 각오하고 먹이기 시작해도 변화는 미미하다는 것(물론 주변에선 약을 먹이고 호전된 아이들도 있다). 장애란 치료할 수 있는 게 아니며, 약도 보조 역할일 뿐이다.

우리는 희수가 밖에서 소리 지르는 것, 각성이 높고 수업 집중이 전혀 안 되고 너무 산만해서 약을 먹이기 시작했다. 약을 먹은 뒤 차분해진 게 체감될 정도라 거기에 의의를 두고 만족하고 있다. 효과가 크지 않은 만큼 부작용도 없어서 다행이라 여기면서 말이다.

약물 복용은 의사 선생님과 꼭 상담 후에 전문의의 판단하에 이뤄져야 한다. 그래서 SNS나 블로그에 따로 기록하진 않았다. 혹여나 다른 부모님들의 판단에 영향이 갈까 봐 걱정돼서였다.

그럼에도 "약물 없이 이렇게 훌륭하게 키운 거죠?"라고 묻는다면 "우리는 만 5세가 지나자마자 약물치료를 했고 의사 선생님이 약을 권유했다면 먹이는 게 맞아요."라고 대답할 것이다. 약 덕분에 1년간 눈에 띄게 많이 성장했다고는 생각하지 않는다. 우리 부부는 불량 부모라 약을 꾸준히 먹여야 하는데도 병원 갈 날짜를 못 맞춰 못 먹이는 날도 많았고 여행을 다녀오느라 한참을 병원에 못 갔던 적도 있으니까 말이다.

아이의 행동에 지쳐 의사 선생님과의 상담 후 약을 먹여야 한다면 너무 죄책감을 갖지는 않았으면 좋겠다. 부모의 선택은 언제나 최선은 아닐지라도 아이를 사랑하는 마음은 언제나 최고인 걸 알고 있기 때문이다.

객관적인 진단이
중요한 이유

지금 다니고 있는 소아정신과에 처음 갔을 때 "왜 오셨나요?"라고 선생님이 반문하셨다. 희수는 이미 진단도, 장애 등록도, 심지어 약 처방까지 다른 곳에서 받고 있었다.

"길게, 오래, 아이가 커갈수록 상담하고 싶은 선생님을 찾고 있어요."

처방도 중요하지만 의사 선생님과의 상담은 내가 알지 못했던 희수의 객관적인 모습을 알게 해준다.

"희수가 요즘 유치원에서 돌아다니는 친구들에게 앉으라고 말하거나 친구들이 돌아다닌다고 선생님한테 일렀대요."

"성향상 본인이 지켜야 하는 규칙을 지키지 않는 친구가 불편한 거예요. 지금은 괜찮지만 초등학교에 가서 친구의 기분을 살피지 않고 자꾸 규칙에 대한 지적만 하다 보면 자칫 친구들 사이에서 힘들 수도 있겠네요."

나는 대책 없이 긍정적이라 누군가 객관적인 지표로 상황을 짚어주는 게 굉장히 필요한 사람이다. 선생님의 객관적인 시선이 아니었다면 난 그저 희수가 유치원에서 선생님을 돕는 착한 아이라고 생각했을 것이다. 누군가는 그럴 수도 있지 않느냐고 반문할 수 있지만, 실제로 학교에 입학한 뒤에 규칙에 대한 강박 때문에 작은 사건이 일어난 적도 있었다.

"상동행동, 반향어도 심하지만 제일 큰 문제는 상호작용이 굉장히 약한 거예요. 순하고 착해서 부모님이 힘들진 않겠지만 이러면 고립될 수도 있어요. 그러면 성장하면서 많이 외로울지도 모르겠어요. 이맘때쯤 아이는 엄마를 쉴 새 없이 괴롭혀야 하거든요."

그렇다고 해도 상담 후, 상처받거나 마음에 깊이 담아 둘 필요는 없다. 의사 선생님은 객관적으로 바라보고 이야기할 뿐이지 어떤 상황을 문제 삼으려고 하는 건 아니니까. 부풀었던 마음을 살짝 꺼트리고 웃으며 앞으로 희수가 가야 할 방향을 다시 잡아본다.

선생님이 보던 그 순간의 희수는 그랬을 거고, 나만 아는 희수의 또 다른 모습도 많으니 일희일비하지 않도록 마음을 다잡아야 한다. 누군가의 생각이나 말이 내 아이를 규정하진 않는다. 그게 심지어 엄마인 나라고 할지라도. 중요한 건 아이도 느리지만, 성장하고 있다는 것이다.

발달장애아를 왜 낳았냐고?

얼마 전 어떤 이가 공식석상에서 "장애인은 안 낳아야 되는데 왜 낳았냐."고 발언한 뉴스가 화제가 된 적이 있었다. 그 뉴스를 보고 온갖 감정이 들었다. 물론 내 일이 아니라고 생각하면 싫어할 수도 있다. 하지만 많은 이들이 함께한 자리에서 해도 되는 말과 안 되는 말이 있다. 장애가 있는 자식을 낳은 죄인이라는 말을 뉴스에서 보게 될 줄은 몰랐다.

아이를 낳고 내 인생은 행복해졌다. 그리고 그 아이가 없는 세상은 1분 1초도 상상하고 싶지 않다. 아이는 내 삶의 이유이자 나를 더 나은 사람으로 살게 하는 존재다. 죄악의 결과이자 낳지 말아야 할 존재가 아니다. 실컷 욕을 하고 싶다가도 어쩐지 허탈해졌다. 내가 하는 말이 그 사람에게 와닿지 않을 거라는 생각이 들어서다. 미안하다고 고개 숙이는 척하며 다시 똑같이 예전처럼 그렇게 생각하겠지라는 마음도 든다. 그럼에도 언젠가 그 사람도 알았으면 좋겠다. 누구나 겪을 수 있는 일이고 준비할 수 없는 일임을…. 그리고 그렇게 태어난 아이도 너무나 사랑스러워서 하루하루 가슴 벅차게 하는 존재임을 알았으면 좋겠다.

"왜?"라고 묻는다면 그냥 내 인생이 그렇게 흘러갔을 뿐이라고, 그저 평범하게 살고 있었는데 어느 날 갑자기 그렇게 만났다고 말할 것이다. 아이가 너무 사랑스럽고 예뻐서 감히 '왜?'라는 의문을 품을 수조차 없는 존재라 이야기할 것이다. 남의 사정이나 기분은 전혀 신경 안 쓰고 자기가 입으로 무슨 죄를 짓고 있는지 알지 못하는 사람보다, 예쁘고 순수한 이대로를 간직한 발달장애아로 키워야겠다고 다짐해본다.

어떤 단어가 사람들에게 주는 편견이 있다. 특히 자폐스펙트럼이라는 말이 그렇다. 부끄럽지만 나 역시 예전에는 나와 자폐스펙트럼은 동떨어진 이야기라고 생각했다. 가끔 그와 관련해서 나오는 자극적인 기사들을 보면서 막연하게 발달장애라는 단어에 무서운 느낌을 받기도 했다. 대부분 순수함이나 천진난만함이 아닌 일부 도전적인 행동에 초점을 맞춘 탓이다.

아이들은 문제가 된다는 것을 전혀 모르고 행동을 하는데도 마치 알고도 그런 것처럼 보일 때가 많다. 그런 점이 부각되어 나 역시 무서웠고 두려웠다.

그래서 더더욱 희수를 세상에 내보이기로 결심했다. 우리가 몰랐던 자폐스펙트럼이라는 단어 속의 평범함, 여느 가족과도 같은 일상, 그 안에 담겨 있는 희수의 따뜻한 마음, 다정한 행동 등을 보여주고 자폐스펙트럼에 대한 편견을 바로잡고 싶었다. 무엇보다 '무지'에서 나온 막연한 두려움 대신 희수의 마음과 행동에 대한 이유를 전하기 위함이었다. 이 아이도 우리와 같음을, 단지 표현 방법이 서툴고 다를 뿐임을 알리고 싶었다.

여보,
나 신고당한 것 같아

남편은 희수와 단둘이 외출하는 걸 꺼리지 않는다. 물론 아주 좋아하지도 않는다. 하지만 나를 위해, 내 휴식을 위해서라면 기꺼이 나가는 편이다. 그날도 평소처럼 남편이 희수와 함께 쇼핑몰로 외출을 나갔다. 귀가할 때쯤 남편에게서 메시지가 하나 왔다.

"여보, 나 신고당한 것 같아."

그 메시지 이후 연락두절이 되어 불안하고 초조하게 남편을 기다렸다. 한 시간 뒤쯤 차량이 도착했다는 음성 안내가 인터폰에서 들려왔. 잠시 뒤 남편은 아무 말 없이 희수를 안고 들어왔다.

희수는 텐트럼(분노발작)이 잦은 건 아니지만 종종 급작스레 폭발할 때가 있다. 그런데 하필 둘이 외출한 그날, 희수가 쇼핑몰 한복판에서 비명을 지르기 시작했다. 남편은 희수를 들쳐 안았지만 희수는 더 소리를 지르며 남편을 때리고 "살려주세요."라고 외쳤다. "살려주세요. 도와주세요."라는 말은 어린이집과 유치원에서 안전교육을 들으며 희수가 외웠던 말이다. 아마 주변 사람들은 엄마 없이 외출한 둘을 보며 그 상황을 유추하기 힘들었을 것이다.

결국 쇼핑몰 안전 직원이 와서 자초지종을 듣고 상황은 진정되었다. 이 일은 남편에겐 꽤 충격적인 사건이었다. 아이와 나만 남겨진 것 같은 상황에서 모든 걸 혼자 견뎌야 하는 기분이라니…. 복지 카드를 꺼내 직원에게 보이는 순간, 발밑이 꺼지는 느낌이었을 것이다. 수많은 시선들 속에서 화낼 기력도 없이 희수를 가만히 안고 집에 온 남편에게 "고생했어."라는 말 이외엔 아무 말도 할 수가 없었다.

온라인 속에서 비춰지는 희수의 뒷모습에는 무수히 많은 사건들이 있다. 얌전하고 괜찮은 아이는 없다. 그럼에도 불구하고 희수가 사회 속에 섞여 살아가기 위해서는 이런 순간들을 수많이 겪고 적응해야 한다.

그때 희수 아빠를 신고했던 분에게는 유감보다는 감사함이 크다. 언젠가 아이에게 어떤 일이 생겼을 때 오해 섞인 관심이라도 있는 게 훨씬 도움이 되리라. 하지만 다음에는 남편이 혼자 이런 상황을 겪지 않았으면 좋겠다. 적어도 그런 순간에는 우리 둘이 감정을 나눠 가지길 바랄 뿐이다.

장애아를 키운다고 대단한 엄마가 아니다

아이를 낳기 전에 장애아를 키우는 친구한테 "넌 정말 대단한 엄마야."라고 한 적이 있다. 그런데 친구는 "내가 왜 대단한 엄마야?"라고 화를 냈다. 지금은 웃으면서 그 이야기를 종종 한다. 이제는 왜 친구가 그랬는지 이해가 된다. 동병상련이라는 말처럼 이제 나는 그게 자격지심이나 나한테 화를 내는 게 아님을 안다.

나 역시 희수를 키우면서 "대단해요.", "멋져요."라는 말을 들은 적이 많다. 지금은 그런 말이 뿌듯하고 그저 고마운데 처음엔 그 말이 정말 싫었다. 그때 나는 하루의 거의 모든 시간을 '뭐가 잘못된 거지?', '내 인생이 왜 이렇게 끔찍해진 거지?' 라고만 생각했다. 그리고 가끔은, 아니 사실 자주 내 사랑스러운 아이를 미워하고 원망했다.

그저 이 상황이 끔찍하고 벗어나고 싶다 보니 '대단하다.'라는 칭찬은 트리거가 되어 나를 발작하게 했다. 물론 그런 분노 자체도 마치 장애아이를 키우는 못난 엄마의 자격지심처럼 보일까 봐 겉으론 "고마워요." 하고 넘기긴 했지만 말이다.

지금은 당연히 내 스스로가 느끼기에도 난 멋지고 대단한 엄마다! 하루를 버티는 것만으로도, 즐겁게 잘 살아가고 있는 것으로도 아이를 소중히 예뻐하는 마음으로도 대단하다고 생각한다. 장애아를 키우든 혹은 비장애아를 키우든 부모는 무조건 대단하고 멋지다.

나이가 든다고 어른이 되는 게 아닌데 우리는 또 하나의 작은 인간을 열심히 다듬고, 참고, 사랑하며 키워가고 있으니 그것만으로도 대단하다. 매일매일 나의 부족함을 자책하며 또 내일은 더 나은 부모가 되기를 소망하는 우리 모두가 대단하고 멋진 존재다.

가끔 어떤 분들이 “아이를 위해 잘한 일이 하나도 없네요.”라고 말한다. 그럴 때마다 나는 그들에게 “아닐 거예요.”라고 단호히 말한다. 눈을 뜨는 순간 아이를 생각하고 식사를 챙기고 등원, 혹은 등굣길을 챙기고 아이의 하루를 위해 또 점심, 저녁 준비를 하고 학원을 보내고 센터를 보낸다. 분명 대부분의 하루는 열심히 최선을 다해서 아이를 위해 버텼을 것이다.

나를 위해 챙기는 영양제, 커피 한 잔으로 불쑥 솟아오른 화를 참아냈다. 그 모든 순간을 보내고 잠드는 아이의 얼굴을 하염없이 쓰다듬으면서 내일은 좀 더 나은 부모가 되겠다고 다짐한다. 모두가 충분히 잘 해낸 오늘의 나를 꼭 대단하다, 멋지다고 칭찬해주길.

장애 등록은 낙인이 아니다

자폐스펙트럼을 가진 아이의 부모로서 가장 고통스러운 게 무엇이냐는 질문에 공통적으로 꼽는 게 있다. 바로 겉으로 아무 이상 없어 보이는 아이의 장애 등록을 해야 한다는 것이다. 어쩌면 아이를 키우면서 제일 가혹한 선택이기도 하다.

사실 희수가 남자아이라 군대 문제가 가장 중요하다고 생각했다. 그래서 '장애 등록을 하면 군대를 가지 않아도 되니까.' 하는 마음으로 했다. 하지만 많은 이들이 아이가 나아질 수도 있다는 실낱같은 희망으로 장애 등록을 꺼린다. 틀린 말은 아니다. 나아질 수 있다.

어떤 친구들은 기적처럼 '장애'의 선을 벗어나기도 한다. 그런데 사실 장애 등록은 어렵지만 취소는 간단하다. 그저 서류 하나만 작성하면 끝난다. 영구 장애도 취소가 간단하다. 이를 잘 모르는 이들이 많다. 나는 다들 아는 줄 알고 장애 등록을 고민하는 이들과 대화하다가 서로 의아해하는 경우가 많았다. 사람들은 나를 보며 '장애 등록을 왜 저렇게 쉽게 하지?'라고 생각했다. 반대로 나는 그들을 보며 '장애 등록은 취소도 쉬운데 왜 굳이 안 하지?'라고 생각했다.

미취학일 경우 장애 등록을 하면 두 번의 재심사를 거쳐 영구 장애 판정이 난다. 장애 등록은 취소가 손쉽게 가능하고, 본인이 원하지 않는 한 누구도 알 수 없으니 그저 아이를 더 보호하기 위한 가림막이 될 수 있다.

꼭 해야 하냐고 묻는 사람들에겐 꼭 하지 않아도 괜찮다고 말해준다. 하지만 하지 않을 이유도 없다고 덧붙인다. 유치원 특별교육대상자(특교자), 장애전담어린이집, 통합어린이집 전부가 장애 등록 여부와는 상관없이 입학이 가능하다. 심지어 초등학교 특별교육대상자도 장애 등록이 필요하지 않다.

장애 등록 후 희수의 삶은 딱히 달라지지 않았다. 달라진 건 오히려 나의 내면이었다. 아무리 인정하려고 애써도 아이의 복지 카드를 눈으로 보기 전까지는 희수의 다름이 장애로 느껴지지 않았다. '중증자폐성장애'라고 쓰인 복지 카드를 쥐고 나는 웃었다. '드디어 내가 인정하게 됐구나. 여기까지 왔구나.'하며 후련해했다. 우울하지도 않았다. 오히려 큰 산 하나를 넘은 느낌이었다.

아이의 수준이 일정 이상 올라오면 오히려 애매해져 장애 등록이 어려울 때도 있다. 마음의 준비가 필요하다고 해서 너무 오래 고민하지 않았으면 한다. 나는 장애 등록이 아이의 보호막이 되어줄 거라 본다. 특별교육대상자는 장애가 없어도 선정이 가능하지만 장애 등록이 되어 있으면 좀 더 유리한 것도 사실이다. 그리고 나이가 들어서 장애 등록을 하면 생활기록부부터 선생님의 의견까지 다양하게 필요하다.

아이를 장애인으로 만든다고 생각하지 말고 필요하다면 장애 등록을 하는 것도 나쁠 건 전혀 없다. 작디작은 혜택이라도 아이에게 도움이 되는 것들이 있으니 말이다. 아픈 마음을 잠시 내려놓고 생각해봐도 좋을 듯하다.

책 싫어하는 엄마의 책 육아

희수의 외할머니이자 나의 엄마는 독서를 싫어했다. 내가 태어났을 때 우리 가족은 아빠 친구네 옥탑방에서 얹혀살았다. 엄마는 스물하나, 아빠는 스물셋이라는 나이에 나를 낳았다. 하루하루 먹고살기 빠듯한 형편이었다. 그런 상황이라 장난감은커녕 어쩌다 얻어 온 책이 내 놀잇감이었다. 지금도 엄마는 옛날에 책 사달라고 하는 나를 혼내야 했던 게 마음에 걸린다고 종종 이야기한다.

네 살 때쯤 보던 책이 초등학생 때까지 내 책장 한편에 있었는데 낙서와 찢김, 구김 등이 참 많았다. 엄마도 아빠도, 나의 책 읽기에 전혀 관여하지 않았다. 단, 읽어달라고 가져가면 읽어줬다.

아홉 살때부터는 혼자 도서관을 다녔다. 버스를 타고 20분을 갔다. 그리고 걸어서 20분을 또 갔다. 여수에서 제일 큰 도서관을 혼자서 종종거리며 가서 읽고 싶은 책을 실컷 읽었다. 꼬깃꼬깃 받아온 천 원으로 구내 매점에서 라면 한 그릇을 점심으로 먹곤 10시부터 5시까지, 원 없이 책을 읽었다.

엄마와 아빠는 여전히 내가 어떤 책을 좋아하는지, 읽는지 잘 알지 못했다. 도서관에서 실컷 책을 읽고, 어떤 날은 서점에서 책을 사기도 했다. 기껏 돈을 모아서 산 책이 마음에 들지 않아 세 페이지만 읽고 두 번 다시 보지 않아도 부모님은 그걸로 혼내지 않았다.

어떤 이는 책이 좋은 건 다 알지만 엄마가 책을 안 좋아하는데 아이가 책을 좋아하게 만드는 법을 모르겠다 말한다. 재미있게도 책을 좋아하지 않는 사람들일수록 아이들이 책을 아끼고 소중히 여기길 바란다. 그리고 이왕이면 좋은 책을 많이 읽기를 바란다.

책을 안 본다던 친구의 아들이 《흔한 남매》 책은 사달라고 한다. 또 다른 친구 아들은 자꾸 《그리스로마 신화》 만화책만 본다. 많은 엄마들이 만화책을 보지 말라고 하면서 아이의 취향에 자꾸 손을 대고 싶어 한다. 아이가 책을 장난감처럼 여기게 하려면 책을 가볍고 친숙한 것이라 받아들일 수 있게 해줘야 한다. 아이가 책을 보든 안 보든 먼저 책과 친해지는 연습이 필요하다. 그리고 아이에게 맞는 취향을 찾는 시간도 필요하다.

책으로 뭔가 배우길 바란다면 차라리 학원을 다니는 게 훨씬 빠르다. 책으로 나쁜 걸 배우는 것보다 미성숙한 아이들 사이에서 배우는 나쁜 것들이 훨씬 더 큰 문제가 된다.

책 읽기가 사교육의 시작이 아니라면, 그저 아이의 책 읽기가 삶의 양분이 되길 바란다면, 책을 소중히 여겨야 한다는 선입견부터 버려야 한다. 책을 읽을 땐 즐거운 목소리로, 책을 대할 땐 편하게, 책을 고를 땐 최대한 엄마의 의견을 개입시키지 말고 아이의 의견을 들어주면 된다. 아이에게 독서 습관을 만들어주려고 엄마가 억지로 책을 읽지 않아도 된다.

어릴 때 우리 집은 만화책을 30권씩 쌓아두고 봐도 엄마, 아빠가 화를 내지 않았다. 그런 환경이 오히려 내게 독서라는 습관을 선사해주었다.

나는 희수가 자폐스펙트럼 판정을 받고 난 후엔 최대한 전문가들이 추천하는 의성어, 의태어가 잘 나와 있는 책들을 많이 읽혔다. 《말문이 탁 트이는 의태어 동시》(애플비), 《말문이 탁 트이는 의성어 동시》(애플비),《의성어 의태어 동시집》(박성우, 비룡소), 《신기한 낱말 그림책 10종 세트》(김철호, 윤기와 새우박사 그림/만화, 을파소)도 자주 봤다.

화려한 색감의 그림과 일상과 맞닿은 내용을 보며 즐거워할 수 있는 《추피의 생활이야기 전집》(무지개출판사 편집부, 무지개출판사), 글을 따분해할 땐 《100층짜리 집》(이와이 도시오, 김숙, 북뱅크)의 그림만 함께 읽었다. 희수가 유아기부터 어린이집 다닐 때까지 좋아하던 《사과가 쿵》(다다 히로시, 정근, 보림)은 너무 유명한 책이라 소개도 민망한 베스트셀러다.

집뿐만 아니라 개방된 어린이 도서관에 들러 어렵든 쉽든 상관없이 희수가 관심 있어 하는 책들은 모두 읽어줬다. 글자에 굳이 집착하지 않아도 된다. 오히려 그림을 읽고, 아이의 손가락으로 짚어주고 혹은 궁금한 부분은 직접 물어볼 수 있게 손을 같이 쥐어 가리키면서 책으로 상호작용을 했다.

하루에 최소 세 시간, 오래 할 땐 여섯 시간까지도 책으로 소통했다. 그땐 이게 과연 소용이 있나 의구심이 들었는데 놀랍게도 희수는 스스로 글자를 익혔고 지금도 여전히 책을 좋아한다.

독서 전문가들 중 만화 형식의 책은 읽히지 말라고도 하는데 나는 희수가 만화책을 읽는 것을 말리지 않는다. 오히려 반갑다. 만화책에서는 내용이 대화로 전개되어 희수가 일상 대화를 배울 수 있다. 여전히 나에게 희수의 책이란 학습이나 지식을 쌓는 도구가 아닌 세상을 배우는 통로다.

책을 좋아하는 아이

희수는 책을 좋아한다. 책을 읽으며 혼자 글자를 뗐고 이젠 웬만한 건 다 읽을 줄 안다. 나 역시 희수만큼 책을 좋아했다. 초등학생 시절 등하교 때 책을 읽으면서 걷다가 하수구에 빠질 정도였으니 말이다.

희수는 정작 어릴 때는 별로 책을 좋아하지 않았다. 육아서로 유명한 돌잡이 시리즈를 12개월에 샀는데 40개월 가까이 펴보지도 않았다. 집에 아이 책도 그리 많지 않았지만 얼마 없는 책조차 희수는 전혀 관심이 없었다.

처음 책을 관심 갖게 된 건 어린이집에서 책으로 집 만들기 놀이를 하고 난 뒤였다. 책을 펼쳐서 세모로 세우고 그 안으로 장난감을 지나가게 하는 놀이였다. 어차피 안 볼 거라면 어떤 식으로든 쓰임이 있는 게 좋을 듯해서 나도 집에서 책으로 집 만들기를 하거나 그림책을 징검다리처럼 밟고 다니는 놀이를 했다. 그리고 그 이후엔 책을 찢어서 같이 날리는 놀이를 꽤 오래 했다.

작게도, 크게도 찢어보고 비행기도 만들어 놀았다. 책의 가치를 아직 모르는 아이에게 "책은 소중한 거니까 아끼면서 봐야 해."라고 하는 건 의미 없다고 생각했다(우리 집 책은 돌잡이 시리즈 말곤 다 중고였다).

찢고 놀기를 한참 하던 아이는 갑자기 어느 날 어떤 그림을 궁금해하고, 아쿠아리움에서 실컷 놀다 온 날은 상어가 그려진 책을 꺼내 손으로 가리켰다. 10초 남짓한 관심이라도 무시하거나 강제로 앉혀 가르치지 않고 "그래, 오늘 봤던 거랑 같네, 상어네." 하고 무심한 듯 응해주곤 했다.

아이가 책과 친해질 시간을 천천히 주고 내가 원하는 방식과 다르더라도 함께해주고 기다려주었다. 꽤 오랫동안 꾸준히 책을 장난감 삼아 놀았다. 시간이 쌓이자 자연스레 책을 좋아하게 되었다.

나는 지금도 어떤 시기에는 무슨 책이 좋고, 어떤 책은 필수로 들여야 한다는 데는 큰 관심이 없다. 아이를 위한 책에는 좋고 나쁨은 없다고 생각한다. 모두가 열심히, 아이들을 위해 책을 만들었을 것이다. 그저 책이 많은 곳들을 다니고 관심사를 살필 뿐이다.

책 육아는 잘 모르겠다. 그저 희수가 책과 친해진 사람이 된 것만으로도 정말 기쁘다. 언젠가 커서 만화책만 읽는 시기가 온다면 얼른 그 시기가 와서 함께 만화방이나 북카페를 다녔으면 좋겠다. 혹은 아이가 책을 끝까지 좋아하지 않는다고 해도 나쁘다고 생각하지 않는다. 남편은 독서를 아주, 정말 싫어하지만 나랑 말도 잘 통하고 아는 것도 많으니까 말이다.

책을 싫어한다면, 다른 경험을 그만큼 하게 해주면 된다. 죄책감이 없는 행복한 육아를 많은 사람들이 했으면 좋겠다.

온전히 아이를 안아주는 일

희수는 퇴행 전, 발달이 빠른 아이였다. 그래서 항상 당장 '잘하는 것'보다 그다음을 생각했다. '이제 뒤집기를 하네.', '그다음엔 뭘 해야 하지?', '걷는구나, 이제 뛰겠네.' '엄마를 했으면 아빠를 해봐.' 이렇게 늘 '그다음'을 생각하고 지켜보았다.

돌이켜보면 아이가 커가는 그대로를 온전히 기뻐해줄 수 있었을 텐데 그땐 왜 그랬을까. 집 안을 저지르는 게 힘들어 가끔은 소리를 질렀다. '왜 다른 애들처럼 잠을 푹 못 자냐.', '왜 나를 힘들게 하느냐.'라며 대놓고 아이를 비난하지는 않았지만 매일매일 그런 생각으로 가득했다.

지금이라면 그때가 아이가 성장하는 시기임을 알고 온전하게 행복해할 텐데. 그때는 내 감정에 휘둘려 그러지 못했다. 그때는 “엄마.”, “아빠.”라고 말하는 순간들을 절절하게 바라게 될지 모르고 그만큼 소중히 대해주지 못했다.

지금이라면 ‘남들처럼 말하는구나.’, ‘이제 또 다른 말을 하겠네.’, ‘신기하다.’고 생각만 하지 않고 아마 아이를 안고 뛰어다니며 자랑했을 텐데. 그때는 너무 많이 운다며 나중에 아이한테 보여줘야지 하고 우는 모습만 장난처럼 잔뜩 찍어놨다. 지금이라면 잠시라도 웃게 하려고 개그맨처럼 장난을 쳤을 텐데.

희수가 눈 맞춤하던 모든 시간, 1분도 1초도 아낌없이 “사랑한다.”고 말했어야 했다. 그때는 평생 아이와의 눈 맞춤이 가장 어려울 거라는 걸 알지 못했다. 지금이라면 핸드폰은 내려놓고 희수의 눈을 오래 쳐다보고 눈 맞춤했을 것이다.

힘들다는 핑계로 TV나 미디어를 보여주지 말걸. 그 시간을 온전히 나와 아이로 채울 수 있다면 정말 내 영혼이라도 꺼내주고 싶다.

지금 평범한 일상이 힘들더라도 어떤 사람에게는 인생을 바쳐도 다시는 갖기 힘든 순간이라는 걸 누군가는 알아줬으면 좋겠다. 오늘은 후회하지 않기 위해 "널 사랑한다."고 "너와 함께라서 행복하다."고, "내 아이로 와줘서 고맙다."고 아이에게 속삭여주었으면 좋겠다.

3장

✦

희수에게서 사랑을 다시 배운다

희수라서
알게 된 것

아이가 자폐스펙트럼이라는 걸 알게 되면 엄마는 자폐스펙트럼에 대해 공부하고 찾아보면서 거의 반전문가가 된다. 그리고 아이의 모든 행동이 자폐스펙트럼의 특성인지 아닌지를 지켜본다.

'저건 감각추구인가? 상동행동인가?'

'눈 맞춤은 되는가?'

'호명반응은?'

뭔가 뜻하지 않은 일이 생겼을 때도 희수가 남들과 달라서 그런 것 같았고, 심지어 책에 푹 빠져 있을 때도 책으로 시각 추구하는 것은 아닌지 의심했다. 그렇게 나는 희수의 모든 면을 자폐스펙트럼에 맞추기 시작했다.

'어차피 배우는 건 잘 안 되겠지?'

'자폐스펙트럼이라서 저렇게 사고를 치나?'

'울거나 짜증 내면 텐트럼(분노발작)이겠지?'

'강박적인 성향이 있구나. 이것도 자폐스펙트럼의 한 특성이라 하던데….'

아이의 행동 하나하나에 자폐스펙트럼에 염두에 두고 꿰맞추다 보니 아이를 그저 아이 자체로만 바라보는 게 쉽지 않다. "희수가 자폐스펙트럼이라서 그런가 봐." 하며 문제를 털어놓으면 대부분의 친구들이 "아이들은 다 그래."라고 대답한다. 그럴 때마다 뼈저리게 느낀다. 그 누구보다 아이가 차별받지 않기를 바라면서 나 스스로가 아이를 다르게 보고 있다는 걸 말이다. 이를 자각하고 나서는 희수를 희수 자체로 보기 위해 노력했다. 몇 번이나 그 과정을 반복했다. 그리고 나도 상상하지 못했던 것을 가끔 혼자 익히는 아이를 보며 천천히 희수 그 자체에 집중하기 시작했다.

뭘 좋아하는지 뭘 싫어하는지 그렇게 아이 자체에 집중하다 보면 내 아이가 얼마나 사랑스러운지 보인다. 그저 '남들과 다른 특성이 조금 더 많을 뿐'이라 생각하며 키우다 보면 남들보다 특별한, 예쁘고 멋진 점이 눈에 띈다.

한번은 물을 쏟고 큰일났다고 호들갑 떨더니 청소하는 아빠를 보며 "희수가 할게요." 하고 씩씩하게 뒤처리를 한다. 시간이 지나면 또 편견으로 가득차 아이를 살피고 의심할지 모르지만, 희수가 열심히 크는 만큼 나도 열심히 그저 아이 자체를 볼 수 있게 노력해야겠다.

아이가 살아가는 내내 끊임없이 '존재의 가치'를 증명해야 한다는 글이 머릿속을 떠나지 않았다. 그 글을 쓰신 분은 자폐성 장애아는 아니지만 아픈 아이를 키우는 분이었다. 그 말이 어떤 때는 내 마음을 무겁게 눌렀고 희수의 존재에 대해 깊이 생각하게 했다.

그러다 어느 날 아침, 희수의 존재는 그 자체로도 지금의 나보다 대단하다는 결론을 내렸다. 희수는 나를 더 나은 삶으로 이끈다. 그리고 나를 통해서 자폐스펙트럼에 대해 세상에 더 알려주고 있다. 심지어 잠깐이라도 스치며 희수에 관련된 글이나 영상을 본 사람이 이미 몇천만 명이 넘으니, 그보다 대단한 일곱 살 아이가 몇 명이나 있을까?

어떤 사람은 아이와 한 반인 한 친구가 자꾸 불편하게 해서 유심히 보니 희수와 비슷한 것 같아서 아이에게 배려를 가르친다고 했다. 남편은 회사에 새로 온 신입직원이 너무 어눌한데 혹시 희수가 컸을 때 누군가 이렇게 대해줬으면 좋겠다는 마음으로 너그럽게 이해하고 친절하게 보살핀다고 한다. 가족들은 자폐스펙트럼에 대해 더 깊이 이해하려고 노력한다. 이렇듯 희수는 그저 존재함으로써 선한 영향력을 느끼게 해주고 있다.

또한 굳이 널리 알리지 않아도 희수는 존재만으로도 다른 사람들에게 배려와 장애에 대해 저마다 각각 조금씩 알게 해준다. 그렇다면 오히려 희수의 삶이 내 삶보다 더더욱 의미가 있다는 생각이 든다.

무겁게 나를 짓눌렀던 머릿속의 난제는 어느새 '역시 위대한 우리 아이들!'이라는 답으로 몽글몽글 자리 잡는다. 이런 삶이 있다면 저런 삶도 있다. 비관하고 비난하는 삶이 아니길. 오늘도 내가 타인의 다름과 특성을 낯선 시선으로 상처 주지 않기를.

아이에게 사랑하는 법을 다시 배운다

하원하고 책을 읽고 집에서 놀다가 오랜만에 놀이터에 나가고 싶다는 희수와 8시가 다 된 시간에 나갔다. 그네를 타고, 친구들 하나 없는 놀이터를 실컷 즐기다가 갑자기 잔디밭에 풀썩 앉더니 생각지도 못한 질문을 한다.

"엄마는 뭘 좋아해요?"

갑자기 희수가 나에게 던진 질문에 머리는 잠시 멈춤. 말문이 막혀 겨우 "희수."라고 답하고 마음을 가라앉혀본다. 어떤 날은 무너지고 지쳐도 어떤 날은 이렇게 기적이 찾아오기도 한다.

'엄마'를 처음 말했던 순간, "엄마 좋아."라고 처음 말했던 순간, 그리고 "엄마는 뭘 좋아해요?"를 처음 물어본 오늘.

엄마는, 자식이 내 삶의 제일 큰 비중이 되지 않길 바랐던 나는, 네가 제일 좋아.

자폐스펙트럼 아이와 어울리는 법

엄마도 처음인데, 무려 자폐스펙트럼 아이를 만난 것은 더더욱 처음이었다. 아이들은 엄마한테 놀아달라고 달라붙는다는데 우리는 부모와 자식 사이라 하기에는 너무도 어색한 일방적인 관계였다.

나한테 관심 없는 아이랑 노는 법은 누구도 알려주지 않았다. 아이라면 누구나 관심을 받고 싶어 하고 무슨 행동이든 함께하고 싶어 한다는데 나는 그걸 느껴본 적이 없었다. 가끔은 어떤 엄마들이 아이와 놀아주는 게 귀찮고 피곤하다는 말이 부럽기까지 했다.

희수와 논다고 말할 수 있을 정도의 상호작용을 하기까지 꼬박 6년이 걸렸다. 희수와 놀기 위해, 아니 상호작용을 위해 나는 먼저 몸을 낮췄다. "나를 봐."라는 말은 자폐스펙트럼 아이에게 통하는 말이 아니다. 애초에 상호작용의 의지가 없는 아이를 데리고 내가 할 수 있는 건 몸을 낮추고, 아이의 관심사에 눈을 맞추고 아이가 뭘 하는지 유심히 보는 것이었다. 함부로 개입하지 않고, 터치하지도 않으며 조심조심 간격을 줄이며 다가가야 했다.

희수의 관심사는 온통 내가 이해할 수 없는 것투성이다. 그 중 일부는 나도 따라 할 수 있는 것들이다. 나는 희수 곁에 가만히 앉아서 3시간씩 아무 말 없이 돌멩이를 던지기도 했고, 어떤 날은 이해도 안 되는 희수의 말들을 종일 중얼중얼 따라 해 보기도 했다. 그리고 또 어떤 날은 하수구 구멍을 뚫어져라 쳐다보기도 했고, 함께 소리를 지르기도 했다.

그러다 어떤 순간 마법같이 희수가 눈을 마주치고 씨익 웃는 경우가 있다.

'엄마, 엄마가 함께해줘서 고마워요.'

들리진 않았지만 마치 이런 말을 전달하는 듯했다.

고백하건대 희수를 키우는 많은 순간이 외로웠다. 나에게 우주 그 자체인 희수를 통해서 우주의 먼지가 된 기분을 느끼게 되었으니 얼마나 아이러니한가. 차라리 우주 속 먼지처럼 사라지고 싶다는 생각마저 들었다.

외로운 건 희수 역시 마찬가지였을 것이다. 타의로 이 세상에 태어나 적응하기까지 앞으로도 얼마나 오래 힘들고 아파야 할까. 나에게는 나를 이해해줄 많은 사람들이 있다. 하지만 희수는 과연 넓디넓은 자폐스펙트럼 안에서라도 자신을 이해해줄 단 한 사람을 만날 수 있을까? 나는 아이가 엄마인 나를 알아주기를 포기하고 희수를 알기 위해 끊임없이 기다리고 함께했다.

아이와 어울리는 방법에 대해 해줄 수 있는 조언은 하나다. 세상에 적응하기 위해서 아이를 변화시키려 노력하지 않는다. 아이를 1퍼센트라도 이해할 만한 사람이 바로 '나'라고, 끊임없이 두드리고 기다리고 함께하며 나는 너와 같은 길을 걷겠노라고 외쳐야 한다. 아이가 틀을 깨고 나와 우리와 어울리

길 바라지 말고 내가 아이 안으로 들어갈 수 있게 노력해야 한다. 엄마로서 내가 가장 잘 해왔던 것, 가장 자랑스러운 게 바로 그것이다. 그동안 아이의 행동을 끈기 있게 따라하고 이해하려 노력했던 그 시간이 지금 우리를 더 단단하게 만들어주었다.

희수와 만드는 일상이라는 기적

얼마 전 어렵게 임신한 친구와 아이가 주는 행복과 사랑에 대해 이야기한 적이 있다. 한참을 대화하다가 나는 친구에게 이렇게 말했다.

"희수를 낳기 위해서 내가 태어난 게 아닐까라는 생각이 들 정도야. 너무 사랑스럽고 이뻐서, 행복해서."

지금도 그런 생각이 든다. 오히려 아이가 커갈수록 더 그렇다. 물론 아이의 다름을 인지하고 받아들이는 과정에서는 그러지 못했다. 혼란스러운 그 시간 동안엔 아이를 탓했다가, 나 스스로를 탓했다가, 절망했다. 그럼에도 누군가 다시 한번 선택할 기회를 준다면 주저 없이 현재의 삶을 택하고 싶다.

희수 엄마가 되어 다시 좌절하고 또 오랜 시간 울고 슬퍼하더라도 아이와 지금을 살기 위한 과정이라면 웃으면서 걸어갈 수 있다. 희수가 아니라면 아무것도, 어느 누구도 소용없다고 말할 수 있다.

아이의 장애가 잠시 잠깐 내 마음을 가리던 시기가 있었다. 엄마임에도 내가 이 아이의 모든 것을 감당하지 못해서 오는 우울감이 있다. 아이의 인생과 내 인생의 앞날에 더 이상 좋은 일들이 있지 않을 거라는 막연한 불안함, 망망대해에 혼자 떨어진 것 같은 외로움도 있다.

신은 인간에게 견딜 수 있는 일만 주신다고 했다지만, 견디는 게 힘들어 원망하고 시간을 되돌려주길 간곡히 바랐다. 그 시간을 지나서 살다 보니 아이는 여전히 사랑스럽다. 내 인생에서 가장 잘한 일이 있다면 가정을 꾸리고 희수를 낳은 것이다.

아이와 하루하루에 충실한 삶을 살다 보면 기적 같은 일들이 있다. 소원했던 “엄마.”라던 부름, “잘 잤어?”라는 아침 인사, 엄마가 세상에서 가장 좋다 표현해주는 따스한 눈빛, 처음으로 자기가 하고 싶은 걸 표현한 말, 내가 애타게 부르지 않아도 엄마가 없으면 멈춰서 나를 기다리는 행동…. 그런 작은 기적들이 모여 내 하루를, 내 삶 전체를 빛나게 해준다.

내가 아는 소소한 기적을 함께 기뻐하고 축하해주는 사람들 속에서 아이와 나는 다정하고 행복한 삶을 살고 있다. 지금 우울의 늪 안에서 혼란스러워하는 이들이 있다면 아이가 나아진다 확신을 줄 순 없지만 분명히 살다 보면 다시 웃는 날도, 나만의 기적 같은 일상도 맞이할 수 있다고 말하고 싶다.

큰 사랑을 품고 자라는 아이

예전엔 '희수가 타인과의 상호작용이 가능하고, 친구도 한두 명 사귀고, 본인이 자립해서 살아갈 수 있었으면….' 하고 바랐다. 당장 안 되는 것들투성이라 어떻게든 해내게 만들어야 한다는 생각뿐이었다. 희수가 괜찮은 삶을 살아가길 바랐다. 그래서 나한테 주어진 숙제처럼 희수의 행동을 하나씩 간섭하고 통제도 해봤다.

하나씩 해나가다 보면 희수도 '일반'의 범주에 들지 않을까 막연하게 여겼던 적도 있는데 그 시기는 꽤 짧았다. 희수가 괜찮지 않은 상태인지를 생각하다 과연 괜찮다는 게 무엇이 기준인지 다시 되새김질해본다. 일반의 범주, 보통의 범주는 내 기준은 아닐까. 사실 장애가 아니더라도 어떤 이들은 주변 환경이나 성격, 기질에 따라 잘못 성장하는 경우도 많다.

그런 생각들 뒤로 나는 아이가 배려하는 사람, 소중한 걸 마땅히 소중하게 여길 줄 아는 사람이 됐으면 좋겠다는 마음이 들었다. 추상적이지만 살아가는 데 꼭 필요한 마음이다.

누구보다 편견으로 똘똘 뭉친 엄마 입장에서는 '타인의 감정을 이해하지 못하는 아이가 보편적인 소중함이나 배려를 알 수 있을까?'라는 생각도 많이 했다. 다행히 책이라는 좋은 스승과 가족의 사랑이 있었다. 그들과 함께한 시간이 쌓여 이제 희수는 생명의 소중함도, 어른을 공경하는 방법도, 친구의 소중함도 서툴지만 표현하며 살아가는 아이가 됐다.

예전엔 갯벌에 가서 바다 생물을 잡으면 희수는 어떻게든 가져가려 했다. 그러나 이제는 본인이 스스로 나서서 놓아주자고 말한다.

"즐겁게 놀았어. 재밌었어. 잘 가. 행복하게 살아."

집게손가락으로 조심히 잡아 채집통에 넣고, 어떻게 움직이는지 구경한다. 그러다 물이 없으면 살기 힘들다고 울상을 지으며 물 가까운 곳에 놔주기까지 한다. 바다 생물뿐만 아니라 유치원에서 곤충 채집을 할 때도 그렇게 한단다. 메뚜기를 잡아서는 친구들에게 보여주고 잡았던 곳에 가서 놓아준단다. 그런 모습이 신기하고 기특하다며 희수는 사랑이 많은 아이라고 유치원 선생님께서 말씀해주셨다.

내가 희수에게 사랑을 보여주었고, 희수는 그 사랑을 누군가에게도 전해줘서 다행이다. 내가 준 건 아주 조그마한 조각이었는데 이미 큰 사랑을 가득 품은 희수가 정말 자랑스럽다.

4장

✦

엄마의 성장 일지

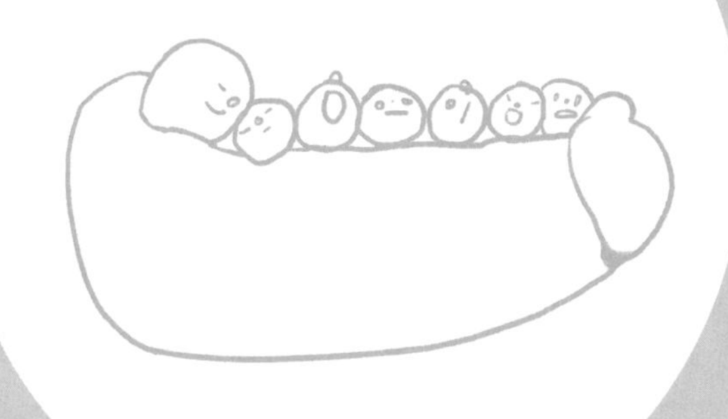

시선이 칼보다
아픈 날이 있다

희수가 네 살 때의 일이다. 여느 날과 다름없는 날이었다. 하원 차량에서 내린 아이와 길을 걷는데 희수가 갑자기 웃기 시작한다. 보통 자기 전에 웃음각성이 일어나는데 길 한복판에서 그런 적은 처음이었다. 제지하려고 해도 아무 소용이 없다. 애초에 희수는 내가 뭔가를 한다고 해서 멈추거나 나아지지 않는다. 지나다니는 사람도 적었고 길도 넓어 희수가 땅에 누워 굴러다니며 웃어도 일단은 지켜보고 있었다.

지나가던 초등학생 한 명이 희수 곁을 기웃거리기 시작했다. 아이를 좋아해서인지, 신기해서인지는 잘 모르겠지만 아이가 희수에게 다가왔다. 그러자 그 엄마가 아이의 팔을 거칠게 잡아채면서 "저런 애한테 가까이 가지 마."라고 했다. 나와 마주친 눈빛이 서늘했다. 희수를 이상하다는 듯 쳐다보았다. 그게 아마 희수가 다른 아이들과 달라서 처음으로 누군가에게 받아본 '따가운 시선'이었던 것 같다. 눈물이 금방이라도 날 것 같았지만 여전히 웃고 있는 애를 들쳐 업고 집으로 향했다.

그때는 주말부부였던 시기라 집에 남편이 없었다. 집에 돌아온 후 마치 온 우주에 나와 희수만 존재하는 기분이 들었다. 메시지를 보내 남편에게 정말로 아이랑 함께하는 게 부끄럽다고, 힘들다고, 왜 이런 걸 나 혼자 감당해야 하는지 모르겠다며 울분을 터뜨렸다. 그렇게 한바탕하고는 희수를 껴안고 펑펑 울었다. 물론 내가 울어도 아이는 변하는 게 없다. 오히려 희수는 자신을 껴안으려는 게 불편한지 밀쳐내곤 자리를 떴다.

어떤 눈빛은 말보다 아프다. 이건 나만의 경험이 아닐 것이다. 하지만 상처가 아물면 우리는 성장한다. 그리고 세상은 그 날카로운 시선으로만 가득하지 않다는 걸 알게 된다. 아픈 기억이나 부정적인 감정은 기쁨과 호의보다 훨씬 오래 남는다.

그러니까 우리는 억지로라도 상처보다는 기쁨을, 호의의 순간을 더 기억하기 위해 노력해야 한다.

나는 아직도 부족한 사람이라 그보다 더 좋은 방법은 아직 모르겠다. 확실한 건 몇 번 비슷한 순간이 더 있었지만 이제는 위축되지 않는다는 것이다. 나는 따뜻한 시선들을 기억하기를 선택했고, 그 안에서 살기로 했다.

'힘내, 괜찮아질 거야.'라는 괜찮지 않은 말

지인의 아이가 자폐스펙트럼이라 하면 어떻게든 위로를 해주고 싶어 하는 분들이 많다. 사실 그 어떤 말도 위로가 되지 않지만, 그중에 나를 힘들게 했던 말과 그 이유에 대해 이야기하려 한다.

"힘내, 괜찮을 거야."

이 말이 제일 공허하다. 아이의 장애는 괜찮을 수가 없다. 그 말에 "응, 고마워."라고 대답하기도 힘들다.

"내가 아는 사람 애는 여섯 살에 말했대. 또 한 애는 여덟 살에 말했대."

우리 애 이야기가 아니라서 저 시기가 지나면 마치 끝내 말을 못 할 것 같고 발달하지도 못할 거 같은 느낌이 든다. 혹은 그대로 지나가버리면 그 위안이 더 큰 좌절이 된다.

"이게 자폐스펙트럼에 좋대. 이렇게 하면 낫는대."

자폐스펙트럼은 낫는 병이 아니다. 부모가 더 많이 알고, 더 많이 자료나 병원을 알아보러 다닌다. 평소에 아이의 장애에 대해 생각하지 않고 있다가 불쑥 튀어나오는 저런 말들이 더 아이의 장애를 상기시킨다.

"원인이 뭐래?"

아직 명확하게 밝혀진 바는 없다. 유전적인 요인(우리 아이가 첫 발현일 수도 있음), 뇌 발달의 이상 등 다양한 이유가 있다고 한다. 하지만 사실 이유를 알아도 어찌하지 못하는 거라 마음만 아프다.

"엄마가 이렇게 하면, 아빠가 이렇게 하면, 좋대."

마치 그 말은 양육자에게 문제가 있어서라는 말 같아 정말 슬프다. 누가 뭐라 하지 않아도 이미 자책하고 있는 사람에게 마치 '네 탓 아니야?'라고 되받아치는 듯하다.

"너 정말 대단하다, 멋지다."

대단하고 멋지다는 건 나의 노력이나 내가 원했던 성과에 대해서나 할 수 있는 말 아닐까. 그 누구도 아이의 장애를 원하지 않는다. 마음대로 되지 않는 상황에서 그 말을 들을 때면 반박조차 하고 싶지 않다.

"네가 너무 예민한 거 아니야?"

그냥 예민한 거라면 얼마나 좋을까? 이 말 역시 화살을 부모에게 돌리는 말일 뿐이다. 실제로 자신이 예민한 거라며 눈 가리고 모른 척 있다가 너무 늦게 병원이나 센터에 가는 경우가 많다.

사실 다른 사람이 무슨 말을 해도 비꼬아서 듣게 된다. 그만큼 아이의 장애, 아이의 다름은 사람을 무너지게 한다. 어떤 말도 위로가 되지 않는다. 자책으로 나 자신을 아프게 만들 때가 있었다. 상대방이 미워서가 아니다. 그저 나를 미워하고 나를 저주하고 나를 원망했다. 그래서 자꾸 도망갔다.

제일 힘이 되는 건, 그저 옆에 있어주는 것 아닐까. 웃으면서 추억을 이야기하며 혼자가 아닌 함께라는 걸 알려주는 것, 함께 커피 한잔하면서도 아무것도 묻지 않는 것. 돌아보면 그게 제일 힘이 되었다. 내게 어떤 시련이 닥쳐도 모든 게 변한 게 아님을 증명해주는 거니까.

어린 시절
'나'와의 화해

엄마는 스물하나, 아빠는 스물셋. 나는 그렇게 어리고 미숙한 부모에게서 태어났다. 결혼식 때 친구들이 왜 저런 집에 시집 가냐며 울 정도로 엄마는 가난한 집으로 시집을 가셨다. 내가 태어나서도 상황이 나아지지 않았는지 부모님은 아직 걷지도 못하는 나를 두고 일하러 나가셔야 했다.

네 살 때는 혼자 다닥다닥 붙은 주택의 옥상을 넘어 엄마가 일하시는 새우 공장에까지 찾아간 적이 있다. 어두컴컴한 새벽에 크게 울지도 못하고 웅크려 앉아 흐느끼기만 했단다. 이웃 할머니들이 아직도 그 모습을 기억하시고는 종종 내게 이야기해주시곤 했다.

아빠는 무뚝뚝하셨다. 말을 안 들으면 애들은 맞아야 한다고 생각했고 나는 내 행동에 정당한 이유가 있었을 때조차 그 이유를 제대로 말하지 못했다. 항상 사랑이 고팠다. 다섯 살 때 동생이 태어났다. 동생이 태어나면서 나는 다 큰 아이가 되어야 했다. 단칸방에서 혼자 울던 어린아이에서 자기보다 더 어린아이의 언니가 된 것이다.

억울하고 속상해서 내가 받은 상처를 동생에게 다 쏟아냈다. 동생에게 화를 내고 소리 지르고 때렸다. 그러면 안 되는 걸 알면서도 감정을 조절하는 것이 너무 어려웠다. 감정을 조절하는 법을 배우지도 못했다. 그렇게 동생을 때리고 화내고는 울면서 미안하다 말했다. 동생은 그럴 때마다 꼭 안아주며 괜찮다고 했다. 아이러니하게도 동생은 조금 더 성숙한 엄마의 사랑을 듬뿍 받고 자랐으니 나는 그게 또 미워서 금세 화와 짜증을 냈다.

아이를 낳는 게 무서울 수밖에 없었다. 내가 부모가 된다면 당연히 나 역시 그 전철을 밟아가는 거라 누군가 귀에 속삭이는 듯했다. 언젠가는 희수의 장애가 어쩌면 다행인지도 모른다고 생각했다. 남들과 다른 아이라는 건 아이를 감히 함부로 대하지 못할 이유가 되기도 하기 때문이다.

어른이 된 지금, 나는 그 시절의 엄마와 아빠를 이해한다. 그럼에도 한 톨의 애정조차 아쉬워 큰 소리로 울지도 못했던 어린 시절의 나는 여전히 가엾기만 하다(동생은 그때 나에게 받은 것을 지금 다 말로 때리는 중이다. ^^). 할 수만 있다면 그 어두운 방에 혼자 있던 어린 시절의 '나'를 아무 말 없이 꼭 안아주고 싶다.

우울증이 찾아왔다

자폐성 장애아를 키우거나 발달 지연처럼 조금 다른 아이들을 키우는 부모들에게 피할 수 없는 게 우울증이다. 나 역시 살면서 그렇게 삶의 굴곡을 느껴본 적은 없었다. 우울증이 왔던 시기는 의외로 자폐스펙트럼을 의심했을 때나 판정받았을 때는 아니었다. 31개월에 찾아간 병원에서 의사 선생님이 "자폐스펙트럼 아이가 맞네요."라고 하셨을 때는 절망보다는 열심히 해야겠다는 의지가 차올랐다. 내가 열심히 하면 아이가 금방 정상으로 돌아올 거라 믿었기 때문이었다.

아예 근거 없는 생각은 아니었다. 의사 선생님들은 이렇게 빨리 진료를 받으러 오는 경우는 없다고 하셨다. 엄마만 느낄 수 있는 미묘한 증상이 있었을 때 진료를 받았다.

"일찍 왔고, 엄마가 되게 노력을 많이 하시니까. 예후가 정말 좋겠네요.. 36개월에는 말할 거예요."

예후가 좋을 거라는 의사 선생님의 말에 자폐스펙트럼이라는 진단은 이겨낼 수 있는 시련이라 생각했다. 아이에게 열심히 내가 뭔가를 해주면 아이에게도 좋은 결과가 있을 거라는 마음으로 정말 열심히 했다. 31개월에 통합어린이집으로 옮겼다. 선생님 한 명이 아이 세 명을 돌보는 시스템과 매일매일 숲으로 나가는 프로그램도 있어서 정말 완벽한 어린이집이었다. 사설치료센터의 언어치료, 감각통합치료 등도 다니면서 내가 할 수 있는 건 다 했다. 하원 후나 주말에도 진짜 쉴 새 없이 아이가 할 수 있는 활동들을 찾아보고 함께 체험을 다녔다.

그렇게 열정적으로 아이에게 전념했다. 그러다 36개월이 지나고 남들이 말했던 '괜찮아질 거라는 시기'가 왔는데도 전혀 괜찮지 않았다. 희수가 안 괜찮아지니까 나 역시 안 괜찮아졌다. 분명 사람들이 이 시기쯤에는 모든 게 괜찮아질 거라고 했는데 그렇지 않았다. 사실 나아지는 게 전혀 없었다.

많은 이들이 36개월까지가 골든타임이라 하는데 그때까지도 희수는 "엄마.", "아빠."라는 말을 못했다. "넌 할 수 있어. 내가 네 엄마야."라는 말을 하루에 수천 번을 말했는데도 아무 말이 없었다.

그때부터 현실자각이 되고 심적으로 큰 타격이 왔다. 원래는 쾌활하고 밝은 사람들이 한번 무너지면 회복이 불가할 정도로 심하게 무너진다는 말이 있듯이 가늠할 수 없을 정도로 처참히 무너졌다. 평생 처음 겪어본 일이었다.

그 정도로 우울의 바닥에까지 내려갔는데 가족들한테는 티를 안 냈다. 유일하게 알고 있었던 건 남편이었다. 그 당시엔 주말 부부라 동생과 같이 살고 있었는데, 정말 갑자기 아무것도 하지 못했다.

미디어도 차단했었는데 모든 걸 놓아버린 후론 "그래, 볼 거면 봐라." 하고 틀어주고 대충 밥만 먹이고 그냥 누워 있었다. 그때 같이 살던 동생이 희수를 데리고 나가서 놀아주거나 친구들을 만날 때도 데리고 나갔다. '두 번째 엄마'처럼 정말 열심히 양육을 해줬다.

그때 나는 '길 가다 차 사고라도 났으면 좋겠다.'라는 생각까지 할 정도였다. 그러면서도 '지금이 희수한테 정말 중요한 시기니 엄마가 이러면 안 되는데….'라는 생각이 들어서 더 우울해지고, 더 무기력해졌다. 무기력하면 또다시 '이렇게 살면 안 되는데….', '엄마인데 힘내야 되는데….'라는 생각의 굴레가 계속 나를 옭죄었다. 이런 악순환 속에서 스스로를 계속 다그쳤다.

"너 지금 이러고 있으면 안 돼. 지금 누워 있을 시간도 없어."

한편으로는 극단적인 생각도 들었다.

"왜 내가 뭘 해도 얘는 나아지지 않지? 나는 이제 끝이야. 얘도 그냥 평생 이렇게 사는 거야. 말 안 하고, 말 못 하고. 나한테 미래가 있기나 할까."

바닥을 치고 나니 내가 보였다. 우울증은 나 스스로가 만들어 내 몸과 마음을 옭아매는 것이었다. 희수가 네 살까지만 살고 말 게 아닌데 모든 게 끝난 것처럼 구는 것이었다.

정신과 약을 먹으려 했다. 그런데 남편이 약을 먹기 시작하면 약에 의지하게 될 것 같으니 자신이 많이 도와준다고 하면서 약은 최후의 보루로 남겨두려 했다. 그리고 주말에 오면 혼자만의 시간을 보낼 수 있도록 배려해줬다. 나 역시 아이의 상황에 매몰되지 않고 내 삶을 살려고 노력했다.

엄마가 아닌 내 삶. 30대라면 아직 많은 날들이 남아 있다. 만일 150년을 산다면 120년 내내 이렇게 살 수는 없었다. 이런 식으로 생각을 전환하고 희수에 대해서 의도적으로 생각하지 않았다.

아이의 미래에 매달려 곧 초등학교에 가는데 말도 못 하고 배변도 못 하면 어쩌지라는 생각에 더 힘들어졌다. 아이의 미래는 그만 생각하고 마흔에 세계 여행을 할 목표, 내 인생부터 생각했다. 아이에게도 아이의 인생이 있으니 말 못 하는 자폐성 장애아라고 해도 이 상태로 살아갈 수 있도록 노력해보자라는 생각에 닿았다. 아이가 어떻게든 정상이 되길 바라는 것이 아니라 그냥 '그래, 너 이렇게도 살아도 돼.'라고 생각하려고 끊임없이 노력했다. 지금은 우울증이라는 것도 내가 열심히 살았으니까 찾아온 인생의 한 부분이라고 생각한다. 내가 육아를 너무 열심히 해서 우울했던 거니까.

'엄마가 잘못해서, 뭔가 실수해서 아이가 이렇게 됐을 거야.'라는 덫에 빠지지 않았으면 좋겠다. 절대 아니다. 가끔 우스갯소리로 '내가 다른 아이를 이만큼 키웠으면 걔 진짜 영재 하나 만들 수 있었겠다.' 싶을 정도로 열심히 키웠다. 아마 우울감에 빠져 있는 엄마들도 다 그럴 것이다. 아이를 사랑하고 잘 키웠고, 잘 키우려고 노력했으므로 그만큼 우울한 게 아닐까. 이 시기도 소중하다. 한번 꺾여서 쉬어야 하는 시간이라고 생각하자. 우울해도 괜찮다. 거기서 빠져나오려고 노력만 하면 된다. 잠깐 우울해도 괜찮다.

육아는 마라톤이다. 어쨌든 우리는 쭉 가야 된다. 아이와 손을 잡고 계속 같이 걸어가야 한다. 몇십 년의 시간 중에서 내가 잠깐 꼬꾸라져 있는 이 몇 달 혹은 몇 년은 용납해줄 수 있지 않을까? 앞으로도 이렇게 열심히 살 건데 이 정도 시간이야 나를 위해 쓰는 것도 괜찮다고 나 스스로를 응원했으면 좋겠다.

우울증에 다른 사람들의 응원은 필요 없다. 스스로 파고 들어간 구렁텅이기에 내 손으로 나와야 한다. 남편의 역할도 중요했고, 다른 가족의 역할도 빠질 수 없지만, 결과적으로 내 의지가 없었으면 아직도 우울했을 것이다.

우울한 사람에게 "뭐라도 해볼래? 일을 해볼래?"라고 하는 이들도 있다. 하지만 내 경험상 너무 우울해서 무기력하고 누워 있는 것조차 하기 싫은 상태인데, 뭔가 해보라는 게 너무 힘들었다.

그저 누워 있어도 된다고, 우울해도 괜찮다고, 이겨낼 수 있다고, 지금이 아니어도 된다고 말하고 싶다. 나는 이 아이의 온 우주인 엄마이므로 다시 애랑 같이 힘차게 걸어 나갈 수 있다고 안아주고 싶다. 나 역시 그렇게 살고 있다. 힘내라는 말 대신 "그냥 그럼, 우울합시다."라고 말한다. 우울할 만큼 우울했다가 바닥을 한번 찍고 다시 올라오면 된다.

쓸모를
찾지 않아도 돼

희수가 태어나고 나의 모든 감정이 깊어졌다. 그게 좋은 쪽이든 나쁜 쪽이든, 어김없이 깊고 더 넓게 나의 모든 감정이 풍부해졌다. 우울의 바닥까지 가라앉았다가 또 지금은 나보다 더 행복한 사람은 없을 거라 생각하며 살아간다.

아이가 언제나 존재 자체로 사랑받을 수 있는 사람임을 스스로 깨닫길 바란다. 그러기 위해서는 나 스스로가 자신을 사랑하는 법을 알아야 했다. 내가 모르는 걸 알려줄 수는 없으니까 말이다. 그렇게 차분히 생각하다 보면 못난 내 모습이 자꾸 불쑥불쑥 나온다. 충동적이고 참을성 없는 모습, 정리도 잘 못

하는 모습, 매사 귀찮아하는 모습, 약속을 잘 못 지키거나 잊어버리고 덤벙거리는 모습들이 아른거린다.

나를 사랑한다는 건 있는 그대로의 나를 인정한다는 뜻이다. 모든 이는 단점이 있고 사람이기 때문에 모자라게 마련이다. 그럼에도 불구하고 살기 위해 노력하고, 실수하지 않으려 애쓰고, 내일은 더 나아지고 싶어 하는 그 모습 자체로 예쁘고 소중하다. 삶에 의미를 부여하지 않아도 그냥 존재 자체로 이미 너무나 소중한 사람인 나, 그리고 우리들.

쓸모 있는 사람으로 살려고, 쓸모를 찾으려고 너무 노력하지 않았으면 좋겠다. 그리고 누군가에게 증명하고자 살지 않았으면 좋겠다. 그저 흘러가듯 여행하듯 작은 것 하나에 함께 웃고 울며 살고 싶다. 아이 손톱만 한 작은 새우도 친구들이 있는 곳에 풀어달라고 하던 희수의 예쁜 마음을 기억하면서 살고 싶다.

행복해도
눈물이 난다

희수가 더 이상 성장하지 않을 수도 있다고 생각했을 땐, 오히려 무덤덤했다. 지금 내가 정신 차리지 않으면 나중엔 우는 정도가 아니라 더한 걸 감당해야 할지도 모른다고 생각했다.

오히려 현실감이 없어서 그냥 '열심히 살자, 뭐든지 해보자.'라는 마음으로 달렸던 것 같다. '안 클 수도 있어. 평생 남들과는 다를 수도 있지.'라는 생각은 '열심히 살아야겠다.'는 다짐으로 이어졌다.

나중에 울자. 어차피 더 크지 못할 때, 이제는 한계라는 생각이 들 때 울어도 늦지 않는다고 여겼다. 그렇게 아픈 마음과 슬픈 감정은 뒤로 미뤄뒀다.

오히려 그땐 씩씩했는데 요즘 불쑥 눈물이 날 것 같은 순간들이 있다. 여전히 희수랑 이야기하는 횟수는 적긴 하지만 말이 부쩍 늘어 대화가 가능해졌다는 건 기적 같다. 예전엔 희수랑 대화하는 꿈이라도 꾸고 싶었는데 지금은 현실이 더 꿈같아서 한참을 웃다가도 눈물이 날 것 같아 숨을 꾹 참을 때가 있다.

매일매일 뒤돌아 있는 아이에게 속삭였던 사랑이 되돌아오는 듯했다. 아침에 일어나 눈 마주치는 첫 순간에 "엄마, 잘 잤어?"라는 인사가 가슴 벅찼다. 답 없는 아이에게 "이게 좋아? 저게 좋아?"라고 매번 물어봤던 순간들이 있었다. 언젠가부터는 대답을 기대하는 게 아니라 습관처럼 말을 걸고 혼자 답하고 있었다.

대답을 못 하더라도 내 사랑만은 남기를 바랐다. 이 순간들이 질리도록 반복되어 행복이 되기를 바라면서. 기대도 안 했던 그 말들이 마치 선물처럼 그대로 돌아오는 순간들마다 여전히, 눈물이 날 것 같다.

오예★를 좋아하는데 이건 ★쉘이라고 잔뜩 인상을 쓰며 말하는 희수가, 엄마 차보다 아빠 차에서 나오는 노래가 좋으니 아빠 차를 타고 싶다는 희수가, 조수석에 앉아서 여기 앉으니까 이제 어른 같냐고 물어보던 희수가, 귀여운데 눈물이 날 것 같다.

더 이상 희수가 괜찮아지는 꿈 같은 건 꾸지 않는다. 나한테 이미 희수는 내가 꿈꿔왔던 희수보다 더 대단하고 멋있게 커줘서 언젠가 행복해도 눈물이 난다는 걸 알게 된다면 그때는 희수 앞에서 꾹 참지 않고 고맙다고 울고 싶다. 마음껏.

죄책감은
우주 너머로

일주일에 한 번 희수보다 두 살 정도 어린아이와 엄마를 스치듯 만난다. 마주치는 시선은 다정한데 아이에겐 날카롭다. 남들이 볼 땐 아이니까 할 수 있는 일도 금방 고함으로 이어진다. 아이는 엄마가 제지해도, 소리를 질러도, 그저 해맑게 웃기만 한다. 그런 아이를 마주할 때면 누군가 내 마음을 손톱을 세워 긁어내리는 아픔이 느껴진다.

누군가는 그녀가 너무하다 느끼겠지만 나는 아이가 잠든 저녁, 그 엄마가 숨죽여 울지 않길 바랄 뿐이다. 그럴 수도 있다고, 지금은 지옥 같은 하루하루도 언젠가 아이로 인해 더없이 환한 하루가 될 수 있을 거라고.

지금 이 글을 읽는 당신이 얼마나 대단한 엄마인지 안다. 아이를 낳는 순간부터 아이에게 목숨을 걸지 않았는가. 내가 가진 모든 가치 중에 가장 소중한 목숨을 아이에게 이미 한 번 내어주었다. 이런 '나'를 가장 사랑했으면 좋겠다.

나는
부족한 사람이다

나는 참 부족한 사람이다. 자기비하가 아닌 자기객관화를 하자면, 나는 충동적이고 책임감이 없는 사람이다. 눈을 떴을 때의 감정 그대로를 행동으로 옮겨야만 하는 사람이다. 칠칠맞지 못해 물건도 잘 잃어버리고, 잘 넘어지고, 잘 부딪히고, 잘 쏟는 사람이다. 정리 정돈도 잘 못하고 뭐가 우선순위인지도 잘 모른다.

그래서 남편에게 "우리는 딩크로 살자."고 했다. 아이를 싫어하는 남편과 무책임하고 가벼운 내가 부모가 된다는 상상 자체가 말이 안 되게 웃기다고 생각했다. 그렇게 부모가 어울리지 않는다 생각했던 사람들이 얼렁뚱땅 희수를 낳았다. 그 아이가 자폐스펙트럼 판정을 받고 살다 보니 한편으로는 이렇게 부족한 사람이라 오히려 다행이다 싶다.

하수구를 몇 시간씩 들여다보고, 돌멩이를 몇 시간씩 던지고 줄 세우기만 주야장천 하는 모습이 왜 그러는지 궁금하긴 해도 이해 못 할 건 아니었다. '네가 하고 싶은 게 그거야? 그럼 하고 살아야지.'라고 생각했다. 나도 그랬으니까.

우유를 쏟고, 물을 쏟고, 밥을 던지는 등 부주의한 모습을 보고서는 '뭐, 나도 그러는데.'라면서 아이에게 "괜찮아. 쏟는다고 무슨 일 나는 거 아냐. 대신 같이 닦아볼까?"라고 이야기한다.

나는 늘 기본 텐션 자체가 높다. 그래서 희수에게 언제든 밝은 기운을 전해줄 수 있다. 물론 아이의 행동들이 이해가 안 될 때도 많지만 스트레스를 크게 받지는 않는다.

희수는 모자란 내 모습을 사랑할 만한 사람으로 바꿔준다. 칠칠맞지 못한 엄마 대신 희수는 가방을 야무지게 들고, 뭐 빠진 게 없나 살펴본다. 그런 아이를 보며 자폐스펙트럼이라는 것은 그저 아이의 성향일 뿐 나보다 훨씬 낫다는 생각이 들곤 한다.

나는 부족한 사람이다. 아이 역시 사회적인 기준에서는 많이 모자란 채로 자랄 것이다. 그래서 어쩌면 우리가 서로 기대어 살아가는지도 모르겠다.

한 사람으로서 부족한 점들이 엄마로서는 장점이 될 수도 있다. 그러니 모두 자신의 단점을 미워하지 않았으면 좋겠다. 내가 맡은 어떤 역할에선 그 부족한 점이 장점이 될지도 모르니까.

내 안의
열등감도 나

아이의 자폐스펙트럼을 의심하면서 나는 제일 먼저 자폐스펙트럼 관련 카페에 가입해 정보를 수집했다. 내가 경험하지도, 평소 관심에도 없던 그 안의 삶이 두렵고 궁금했다.

우리 아이는 얼마나 자랄 수 있을까. 희수 나이에도 뭔가 특출난 재능을 보인다거나 혹은 기저귀를 떼고, 어느 정도 상호작용이 가능한 애들이 많았다. 그저 가벼이 아이를 위해 찾아보는 정보들이 올가미가 돼서 나를 옭아맸다.

'저게 되는데 왜 우리 아이가 자폐스펙트럼이라 의심해?'

'저렇게 말하는데 왜 자폐스펙트럼이야?'

'엄마가 민감한 건가?'

스펙트럼이라는 단어의 의미가 '다양하다, 넓다'임을 머리로 아는 것과 정말 다양한 아이들이 실제로 존재한다는 걸 깨닫기까지는 큰 괴리가 있었다.

아이의 자폐스펙트럼 진단 후 나는 열등감과 자격지심이 뭔지 생생하게 알게 되었다. 솔직히 말하면 난 다른 사람을 부러워한다거나 질투해본 기억이 거의 없다. 노력에 따라 성공하는 친구들, 혹은 안정적인 가정에 태어나 잘사는 친구들을 축복해주는 사람이었다. 뭔가 조금씩 부족해도 부족한 대로, 내 삶을 만족하는 사람에 가까웠다. 하지만 아이가 태어나고, 아이가 자폐스펙트럼이라는 걸 자각하자마자 또 다른 나를 알게 됐다.

'저 정도가 장애라고 하면, 자폐스펙트럼일 때 내 아이는 얼마나 '정상'에서 멀어지는 거야? 그럼 안 돼.'

'저 사람들이 예민한 거야, 아니면 잘못된 거야? 자랑하려고 저런 글을 쓰는 거야?'

'왜 우리 애는 안 되지?'

그런 생각 끝에 찾아오는 건 나에 대한 혐오감이었다. 그리고 왜 이렇게까지 내가 망가지는가에 대한 원망, 슬픔, 자괴감, 절망이 뒤이어 나를 덮쳤다. 보지 말아야 한다는 걸 알면서도 자폐스펙트럼에 대해 또다시 찾아보며 아파했다. 결국 나는 그 감정들마저 온전히 받아들였다. 받아들이지 않는다면 더 무너질까 봐.

'그래, 그럼 천천히 크는 친구도 보여주면 돼. 느려도 괜찮다고, 행복하게 살고 있다고 알려주면 돼. 그냥 내가 하면 되지.'

내가 품은 나쁜 감정들을 온전히 받아들이기로 했다. 그리고 나 스스로를 미워하지 않기로 했다. 나조차도 나를 알아주지 않고 미워하기 시작하면 그건 정말 비극이 아닐까. 아직 결말에 다다르지 않은 '내 인생의 현재'는 행복이다. 희수도 놀랍도록 성장했고 나 역시 나쁜 감정도 온전히 받아들일 만큼 성장했다. 지치고 힘들 때, 가끔 질투 날 때도 그럴 수 있다고 나 스스로를 다독인다. 이렇게 나와 희수는 숨 가쁘게 성장 중이다.

아이의 말을 기다리다 보면

발화를 기다리는 시간이 얼마나 괴로운지 잘 안다. 희수는 7~8개월에 '엄마', '아빠'를 시작으로 몇 개의 단어를 익힌 상태에서 퇴행이 왔고 나는 잃어버렸던 '엄마'라는 단어를 43개월에야 되찾았다.

옹알이도 거의 없는 무발화 상태가 꽤 오래 지속되었다. 평생 아이가 말하는 걸 못 들을 수도 있겠다 생각하다가 '엄마' 소리까진 도저히 포기 못 한다고 눈물짓던 날도 있었다. 그래서 그런지 희수는 언제 말을 했느냐는 질문을 많이 받는다. 아이가 무발화 시기였을 때는 무작정 말을 많이 거는 것보단 알아듣기 쉽게 단어를 세 번 이하로 반복하는 것이 가장 좋다고 언어치료센터 선생님이 말씀해주셨다.

무엇보다 언어는 상호작용하려는 의지가 중요하니 "엄마~ 해봐.", "물 줘라고 해봐." 이런 식의 대화보다는 "엄마랑 가자, 엄마랑 할까?", "엄마가 씻을게.", "엄마랑 치우자." 식으로 말해주는 게 효과적이라고 했다. 나는 아이에게 알려주고 싶은 단어를 일상 대화 속에 넣어서 이야기했다.

"나무네. 갈색 나무야. 나무가 크다."

"하늘은 파란색이네, 하늘이 높아. 하늘이 예뻐."

"나뭇잎이네. 나뭇잎이 많아. 나무에 나뭇잎이 있어."

"땅은 무슨 색이야? 땅에 개미가 있네."

"바람이 부네, 바람이 시원해. 바람이 느껴져?"

정말 많은 단어를 세 단어 이하의 조합으로 말했다. 말은 빠르지 않게 하고 단어와 단어 사이엔 3초 이상의 여유를 뒀다. 그 이유는 언어가 아니더라도 반응할 타이밍을 알려주기 위해서였다.

언어가 트이자 희수의 자폐스펙트럼 성향이 더 도드라져 보였다. 그럼에도 아이의 말하는 모습이 귀여워 더 많이 웃고 행복했다. 언어가 언제 트인다고 알려줄 순 없지만 포기하지 않으면 결국 '트인다'.

오늘도 누군가 눈물짓는 밤은 아니기를. 아이의 곤히 잠든 얼굴과 미소는 엄마를 위한 선물임을 잊지 않았으면 좋겠다.

아이와 상관없이
나 혼자만의 시간

많은 이들에게 비슷한 질문을 받는다.

"너무 힘들지 않아요? 스트레스는 어떻게 풀어요?"

"어쩔 수 없지요."

모든 이의 괴로움은 비슷한 지점에 있음을 새삼 깨닫는다. 어떤 이들은 이렇게 이쁜 아이를 키우는데 우울하다는 건 자신이 모자라서가 아닐까 걱정한다. 당연히 아니다. 되돌아보면, 육아만큼 날 힘들게 했던 건 없다.

육아는 태어나 처음으로 밑바닥을 찍어본 내 감정을 들여다보게 했다. 앞으로도 우울함은 평생의 동반자가 될 것이다. 슬프게도 그렇다.

우리는 불시에 가슴이 찢어지는 일을 마주할 때가 많다. 또 미처 준비하지 못한 채로 사방에서 내리꽂히는 따가운 눈총과 차가운 말을 언제든 들을 수 있다. 그러니까 우울한 건, 지극히 당연한 일이다.

생각보다 나의 육아 스트레스 해소법은 간단하다. 예쁜 거 보고, 맛있는 거 먹고, 많이 자기. 여기서 중요한 건 '아이와 상관없이'다.

우울할 때 책을 읽는다면, 무조건 육아서가 아닌 즐거움을 위한 가벼운 책을 고른다. 영화를 본다면 아이가 나오지 않는 코미디물을 본다. 혼자 노래방에 가서 소리를 잔뜩 지르기도 하고 예쁜 공원, 맑은 강을 보며 고생한 나를 토닥여준다.

육아에 있어서 우울한 건 죄가 아니다. 그건 열심히 살려고 했는데 잘 안 됐던 내 마음이 보내는 투정이고, 그동안 아이에게 빠져 돌보지 못한 내가 보내는 신호다. 우울함은 이따금 나를 계속 찾아오지만 그만큼 내가 열심히 살았다는 신호라 자연스럽게 넘기면 된다.

힘들다고 표현하고 우울하다 투정 부리는 게 좋다. 우리도 어른인 척하는 미성숙한 존재 아닌가. 누군가 투정 부릴 데가 없어 나에게 물어본다면 이렇게 이야기할 것이다.

"우리도 아직 엄마로 성장하고 있는 중이잖아요. 사람 하나 잘 키워보겠다고 그만큼 열심히 하신 거예요. 나라는 존재는 내버려두고 말이죠. 그만큼 아이를 사랑하고, 할 수 있는 만큼 최선을 다해서 몸이 마음이 너무 힘들어 신호를 보낸 거예요. 예쁜 거 보고, 그럴 시간도 없으면 맛있는 거라도 드세요. 꼭 잘했다고 나 스스로를 토닥여주세요."

오늘도 평범한 하루를 보낼 수 있음을 감사하다. 눈뜨자마자 투정 부리는 아이와 시작하는 일상에 오늘도 바쁘지만, 그 하루가 평안하길 바라본다.

아빠가 주도적으로 육아하게 만드는 법

남편은 자타 공인 100점짜리 아빠다. 그래서 자주 다른 이들에게 부러움을 사기도 하고 어쩜 그렇게 육아를 잘하냐고 많이들 칭찬해준다. 물론 처음부터 그러진 않았다. 일단 우린 둘 다 아이를 좋아하지 않는 편이었다. 오히려 아이를 엄청 싫어하는 쪽에 가까웠다. 희수를 처음 안았을 때 애를 한 번도 안 안아보지 않은 티가 난다고 친정엄마가 이야기할 정도였다. 육아는 든든한 메이트만 있다면 두렵지 않은 일이다. 아이를 안는 것조차 어려워하던 육아 초보 남편을 육아 고수로 탈바꿈시키는 몇 가지 요령을 정리해보았다.

첫 번째, 남편은 신입사원이라는 것을 잊지 말자. 아내가 24시간 아이와 붙어서 육아 스킬을 습득할 때 남편은 하루에 한두 시간 정도밖에 아이를 볼 시간이 없다. 더구나 우여곡절 끝에 육아에 어느 정도 익숙해졌다 하더라도 나보다 앞서 나가는 선임(=아내)이 항상 있다. 그러다 보니 당연히 아내 입장에서는 남편이 하는 모든 게 마음에 안 든다. 어설프고 서툴다.

중요한 건 그 과정을 겪어야만 익숙하고 능숙해진다는 사실이다. 그 시간 속에서 고군분투하는 남편을 타박하거나 마음에 안 든다는 티를 내면 거부감만 더 커질 뿐이다.

나조차도 아이를 키우면서 남이 "그렇게 하면 안 된다.", "애는 이렇게 해야 한다."고 하면 화가 난다(심지어 친정엄마가 그래도 마찬가지다). 남편 역시 어설프게나마 하고 있는데 옆에서 잔소리하면 안 그래도 하기 싫은데 더 의욕 없어진다는 것을 명심, 또 명심해야 한다!

두 번째, 나의 육아 스타일을 재점검해보자. 남편이 아이에게 화내는 건 보통 아내한테 배우는 것이다. 희수 아빠는 굉장히 예민하고 까칠하고 짜증이 많은 성향이라 내가 애지중지

하루종일 봐온 희수한테 종종 짜증 내거나 화낼 때가 있어서 내가 울컥하는 일이 많았다. 생각해보면 내가 희수에게 화내거나 짜증 낼 때 그걸 그대로 복사해서 아이한테 똑같이 대하는 거였다. 이를 깨닫고선 남편 앞에서도 극도의 '땡깡과 뒤집어짐'을 말로 조곤조곤 풀어가고 단호하게 훈육하자 남편은 화 대신 감정 없는 훈육을 펼치는, 훌륭한 육아메이트가 됐다.

남편을 며칠 훈련시켜봤는데도 안 된다고 하는 사람들도 많다. 그럴 때 노하우는 딱 하나, 아이 대하듯 3개월 이상은 꼭 해보라고 권하고 싶다.

세 번째, "애 좀 봐! 들어왔으면 애랑 좀 놀아!!!!"라는 말은 금물이다. 나는 보통 아이를 시켜서 아빠랑 놀아달라고 말하는 편이라 그 방법을 써보라고 조언한다. 그러면 대부분의 엄마들이 "애가 놀아달라고 해도 폰만 보고 애랑 안 놀아주던데요?"라고 말한다. 그럴 경우 나는 '양념'을 치라고 이야기한다.

"우아, 저번에 아빠가 빙글빙글 비행기 태워줘서 더 놀고 싶나 보다."

"요즘에 자기가 책 읽어준 거 생각났는지 아빠랑 책 읽고 싶다고 하더라?"

"유치원에서 뭐 만들면 아빠한테도 보여주고 싶대."

"아빠는 왜 회사에 가냐고 물어보던데? 아빠가 옆에 계속 있었으면 좋겠나 봐!"

아이가 어떤 점에서 아빠를 좋아하는지, 아빠 이야기를 하면서 어떤 포인트에서 즐거워했는지, 정 안 되면 지어내보자! 짜증 없이, 예쁜 말투로 남편을 은근히 기분 좋게 만들어서 아이와 둘 다 즐거운 상태에서 노는 게 중요하다.

물론 '애 보는 것도 피곤해 죽겠는데 남편에게까지 이렇게 해야 하냐.', '왜 남의 아들까지 내가 케어해야 하냐.', '칭찬했더니 아주 자기가 잘난 줄 알고 기세등등하다.' 등 소셜미디어에서 만난 이들의 다양한 피드백이 있었다. 그럼에도 왜 그렇게 해야 하냐고 다시 물어보면 '우리가 부모니까.'라고 말해준다.

아무리 같은 처지의 사람들과 이야기해도 결국 아이에겐 아빠와 엄마가 중요하고 나한테는 나랑 아이를 평생 잘 케어해주고 키울 남편이 중요하다. 집에서 기세등등 어깨가 하늘까지 가 있으면 또 어떤가. 밖에선 항상 이리 치이고 저리 치일 텐데 말이다. “그래, 집에선 자기가 최고!”, “희수에게도 아빠가 최고야.”, “우리집 슈퍼맨은 항상 당신이야.” 하고 산다고 해도 누구 하나 욕하거나 손가락질하지 않는다.

가족은 아이와 엄마만 있는 게 아니다. 평생을 같이 살아갈 남편에게도 마음과 곁을 주고 예쁘게 살갑게 말하며 맞춰나가는 것도 아주 중요하다.

사실 나는
대충 육아한다

나는 사실 희수의 육아에 온 힘을 쏟지 않는다. 미디어를 끊은 것도 안 보여주는 게 '내' 육아가 편하기 때문이고 화를 내지 않는 것도 '내' 마음이 훨씬 편하기 때문이다.

남들에게는 어떻게 보일지 모르겠지만 나 스스로는 내가 '대충' 육아하는 편이라고 항상 말한다. 남편 역시 "우리가 아주 최선을 다하진 않지."라는 말에 공감하는 편이다. 나는 희수에게 "내가 널 어떻게 키웠는데."라는 말을 하지 않고 사는 게 목표다.

만약 희수가 자기를 어떻게 키웠냐고 물어본다면 뭐라고 대답할까.

"재밌게 키웠지. 엄마는 널 키우면서 하고 싶은 것도 다 하고 키웠어. 즐거웠고, 행복했어. 물론 힘든 순간들도 있었지만 너 때문은 아니야. 엄마로서 당연히 포기해야 할 것들, 맞이해야 하는 순간들 때문이야. 엄마도 처음이니까 그냥 힘들었던 거지. 너를 위해 포기하지 않았어. 어떤 것도."

나는 희수에게 그렇게 이야기할 수 있는 삶을 살고 싶다. 희수가 우리에게 어떤 부채감도 없이 훌훌 날아갔으면 한다.

장애 있는 아이를 키운다고 해서 상황에 매몰돼 그저 불쌍한 사람들로만 살고 싶지는 않다. 남들이 봤을 때 불쌍한 거야 어쩔 수 없다. 나 역시 그런 시선을 가졌던 때가 있으니까.

여전히 나는 재미있는 게 많고, 사는 게 즐겁다. 우리가 어찌할 수 없는 불가항력적인 상황들은 아마 우리를 또 가끔은 우울하고 비관적으로 몰아갈 것이다. 하지만 삶이란 다 그런 게 아니겠냐며 다시 '으쌰으쌰' 일어나고 싶다.

희수의 한마디에 빵 터져 남편과 낄낄거리고, 희수는 "엄마, 아빠 왜 웃는 거예요?" 하며 묻는 행복한 우리의 하루, 그것만으로도 충분하다.

천천히 기다리는 육아

아이의 속도와 내 속도가 다르다는 건 꽤나 고통스러운 일이다. 조금 느린 정도가 아니라 장애를 판정받을 정도로 늦다면 고통은 더 깊어진다. 아이에 속도에 '내가 더 자극을 줘서 빠르게 달리게 해줘야 하는 거 아닌가?', '기다리다가 영영 크지 않으면 어쩌지?' 하는 불안감도 함께 이겨내야 한다.

작년에 희수는 가위질을 목표로 센터 치료를 다녔다. 하지만 1년이 지난 지금도 희수는 가위질을 힘들어한다. 아이가 살아가는 데 있어서 '너무 늦어지면 안 되는 것들'도 있다. 그래도 희수는 어떤 부분에서 자기의 속도 이상으로 커주고 성장하고 있다. 그리고 나는 천천히 기다려주는 사람이 되고 싶다.

완벽주의자처럼 자기가 조금이라도 서툴면 금방 포기해버리는 아이에게 "그래도 해야지." 하고 밀어주는 엄마보다 "엄마도 못하는 게 참 많아." 하고 곁에 앉아 있는 엄마가 되고 싶었다.

직선 자르기도 안 되는 희수에게 "누구나 다 완벽할 순 없어."라고 말하며 종이를 엉망으로 자르곤 "엄마도 이렇게 잘못하네." 하며 원망 어린 희수의 시선을 마주한다. 강박이 있는 아이에게 엉망이 된 결과물은 이해하기는 힘든 것이다. 그렇다고 내가 완벽한 결과물을 준다면 희수는 본인 스스로 노력하려 하지 않을 것이다. 누군가는 "애가 울어도 이제 하기 싫어하는 것도 하게 해."라고 조언하기도 했다. 나도 사실 어떤 게 맞는지 혼란스럽기는 마찬가지다. 하지만 '아직은'이라 말하며 조마조마해하며 기다렸더니 결국 마지막에 마지막, 희수는 용감하게 또 한 발 내딛는다.

오늘 영유아 검진을 받았다. 말할 것도 없이 전 영역 심화권고평가! 문진표나 평가는 내게 그리 중요하지 않다. 아이가 얼마나 컸는지는 내가 잘 알고 있다. 여전히 또래에 비해 늦다는 표현도 민망할 정도로 많이 느린 희수지만 작년의 희수, 6개월 전의 희수, 한 달 전의 희수에 비해 본인의 속도 이상으로 힘내주고 따라와주었다.

무서워서 하지 못했던 예방 접종도 한꺼번에 두 가지나 맞췄다. 주사를 두 번 맞아야 한다고 해도 인상 한번 쓰더니 알겠다고 하곤 용감하게 맞았다. 작년까진 선생님 배를 뻥뻥 차서 나를 민망하게 만들었던 그 아이가 맞나 싶었다. 간호사분들부터 의사 선생님까지 박수를 쳐줄 만큼 또 성장했다.

앞으로도 발달검사를 하면 항상 하위에서 맴돌겠지만 그런 건 아무 의미가 없다. 어제의 나, 어제의 희수에 맞춰 계속 앞으로 나갈 거니까.

5장

희수의 독립 일기

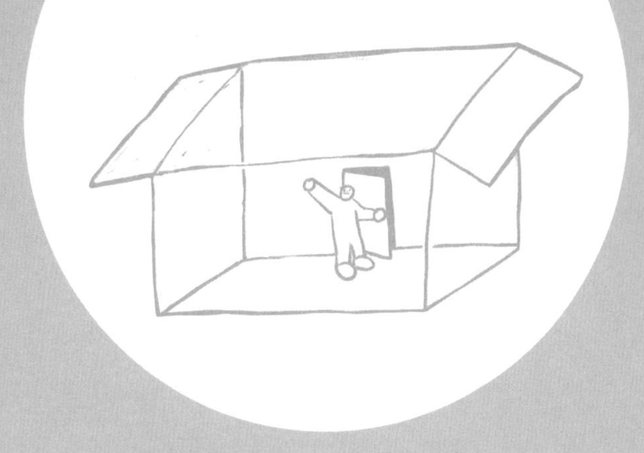

오늘도 넌 나한테서 한 뼘 더 멀어졌다

영원히 내 품 안에서만 지낼 것 같은 아이가 정신을 차려보니 조금 내 품을 벗어나 있다. 희수는 입안 감각이 예민해 먹는 것도 한정적이었다. 그런데 이제는 내가 권하는 음식을 조금씩 입에 넣고 취향을 찾기 시작한다. "엄마, 엄마." 하며 고사리손으로 내 손을 꼭 잡던 아이가 어느새 이렇게 컸나 싶다. 내가 없으면 무너질 것 같던 아이의 세상은 점점 더 엄마가 아닌 것들로 채워지고 있다. 아이의 취향으로, 엄마만 있던 세상은 또 다른 사람들로 다양하게 변하고 있다.

언제 키워서 나도 좀 혼자 있을 수 있나 한탄하기 무섭게

성큼 그때가 다가온다. 어쩌면 더 길게, 아이를 품 안에 안고 싶었던 건 내가 아닐까. 내일 또 한 뼘 더 멀어질 아이를 위해 오늘이 아쉽지 않도록 온전히 함께해야겠다.

"내 인생에서 가장 소중하고 특별한 손님아, 조금 더 오래 길게 머물러줘."

인간관계의 첫 단추, '안녕!'

나는 여러 상황극을 만들어 희수와 인사를 해봤다. 여전히 희수는 인사를 하지 않는다. 희수가 '엄마'라는 단어를 말한 이후 내가 줄곧 신기했던 건 "안녕!", "안녕하세요."라는 인사를 하지 않는 것이었다. 인사가 제일 간단하고 쉬운 일인데 희수에게는 참 어려운 일인가 보다.

우리가 너무 당연하게 생각하는 일들, 쉬운데도 아이가 하지 않는 것들은 서로의 관계를 이어가기 위한 것들이 많았다. 호칭을 부르고 인사하는 것 모두 상호작용을 하려는 의지가 있어야만 시도할 수 있다.

친구가 먼저 "희수다." 하면서 뛰어와 "안녕!" 하고 인사해도 희수는 대답하거나 친구를 보지 못한다. 내가 시키면 희수는 다른 곳을 보며 들리지도 않는 작은 목소리로 겨우 "안녕."을 따라 했다.

희수와의 '인사 상황극'은 하나의 과정이다. 여러 가지 상황을 만들어 아이가 받아들일 수 있게끔 인사하는 것을 연습하는 것이다. 오늘도 희수가 내 쪽으로 몸을 돌려서 인사를 해야만 나한테 직접 하는 것임을 알려줬다. 다른 사람에게는 별것 아닐 수 있지만 이 과정이 희수와 나에겐 특별하다.

희수는 여전히 너와 나를 구분하기 어려워하고 "안녕하세요."와 "안녕히 계세요."를 말하는 게 서툴다. 어렵고 서툴고 힘들어도 괜찮다. 언제나 함께 노력해볼 것이다.

"안녕 연습할까?"라는 내 말에 흔쾌히 "안녕~"이라고 귀엽고 다정한 목소리로 외치는 희수를 오늘도 어제보다 더 사랑하게 됐다.

희수의 독립 일기

요즘 나는 희수에게 단어의 뜻을 묻고 있다.

희수가 나에게 "이게 뭐야?" 하던 시절을 지나 이제 내가 드디어 희수에게 "이게 뭐야?"라고 묻기 시작했다. 장난감, 공룡 등 간단한 명사를 묻기도 하고 짜증이나 화와 같은 단어를 묻기도 한다. 희수가 모를 듯한 단어들도 차근히 기다리다 보면 제 나름의 답을 해준다.

"희수야, 사랑은 뭐야?"

"사랑은, 아주 행복한 거야.

사랑은, 아주 똑똑한 거야.

사랑은, 아주 좋아하는 거야."

희수가 정의 내린 사랑은 참 예쁘고 달콤하다. '엄마는 희수를 사랑하는 사람'이라고 했는데 내가 본인을 어떻게 생각하는지 어쩜 그렇게 잘 알고 있을까? 아이가 자폐스펙트럼인지 아닌지에 얽매여 살다 보면 정말로 소중한 순간을 놓칠 수밖에 없다. 아이의 말에 또 한 번 놀라고 그 순간에 감사해진다.

가끔 꿈속에 등장하는 희수는 너무나 평범하게 성장한 모습이라 마음을 아프게 한다. 하지만 느리고 다르다고 해서 마음까지 느리거나 다르지는 않다. 열 번 하면 알 수 있는 걸 한두 번 모른다고 해서 지레짐작 포기하지 않기를, 아이의 특별함을 없애려고 노력하다 아이의 평범함마저 외면하는 실수를 범하지 않기를….

희수는 자폐성 장애이다. 이미 나라에서 그렇게 판정 내렸고 장애 등록까지 다 마쳤다. 지능지수 65, 지적장애를 동반한 자폐스펙트럼이다. 사랑을 알고 본인이 받고 있는 사랑의

크기를 아는 현명한 아이다. 희수가 부러움의 대상이 되길 바라는 게 아니다. 특별함에 가려 있는 아이의 평범함을, 숫자가 나타내는 한계보다 아이와 부모가 한계 없이 교류하는 감정을 사람들이 느껴줬으면 좋겠다.

넘어져야
다시 또 넘을 수 있다

퇴행을 거치면서 마치 근육도 퇴행하듯 아이의 움직임이 흐물흐물해지기 시작했다. 대근육, 소근육의 발달에 대해서는 한 번도 신경 써본 적이 없었다. 그러다 어느 날부터 숙제처럼 아이의 운동 능력도 신경 쓰게 되었다.

감각이 예민해진 희수는 많은 활동들을 거부하기 시작했다. 손에 닿는 촉감, 신발을 신고 내딛으면 전해지는 발의 촉감, 어떤 소리가 문제인지 모르지만 예민해진 청각, 무언가에 꽂히면 온종일 나타나는 상동행동, 끊임없는 시각추구, 익숙한 장소가 아니면 일단 거부하고 보는 예민함. 단 하나의 활동도 쉬운 게 없었다. 그런 시간을 지나 이제는 엄두도 못 내던 활동들을 하나하나 시도하기 시작했다.

키즈 카페에서 안전 장비를 착용하고 있는 희수를 보고 남편이 억지로 뭔가 시키는 줄 알고 놀라 달려갔다. 안전장비를 하고 3미터가량 올라가는 기구였다.

"희수는 저거 할 거야."

희수는 씩씩하게 장비를 챙겨 입는다. 어느샌가 나를 앞지르듯 커버린 희수. 이제 내가 할 수 있는 건 멈춰 서서 응원하는 것뿐이었다. 막상 보는 것보다 훨씬 무서웠는지 중간쯤 쩔쩔매길래 "내려와도 괜찮아."라고 외치곤 아이를 꼭 안아줬다.

"정말 대단해, 멋있었어. 희수가 용기 내서 엄마가 너무너무 감동했어."

희수가 씩 웃으며 "칭찬해줘!" 하며 안겼다. 아마 이 순간을 평생 기억할 거라는 예감이 들었다.

아이는 자란다. 그게 언제인지는 부모가 미리 정할 수는 없다. 내가 아무리 떠민다고 해도 앞으로 가지 않는다. 또한 아무리 잡고 싶어 해도 잡히지 않는다. 그저 본인의 속도대로 큰다. 아이의 성장에 기뻐 또다시 등 떠미는 엄마가 되지 않도록, 기쁜 마음이 헛된 기대가 되지 않도록 할 것이다.

그렇지만 역시, 한 뼘 더 성장한 아이가 지금 이 순간, 내겐 한없는 감동이다.

길고 길었던
희수의 배변 훈련기

희수의 배변 훈련은 세 번 정도 포기했었다. 남들 다 한다는 24개월 이후에 한 번, 31개월에 한 번, 36개월 넘어서 또 한 번. 배변 훈련을 하면 아이가 큰다는 말은 내게 '배변 훈련을 성공 못 해서 아이가 안 크고 있는 게 아닐까?'라는 의문을 갖게 했다. 기저귀를 뗀다고 안 하던 말을 할 건 아니지만 기저귀 떼기 전에는 그런 허무맹랑한 믿음도 있었다.

그래서 더 고달팠다. 아이는 전혀 준비가 안 되었는데 내 마음만 급해 항상 시도하다 실패하고 또 실망했다. 그런 나를 결국 포기하게 한 건 희수였다. 희수가 본인의 대소변이 더러운 줄도 모르고 만지거나 그 위에서 첨벙거리고 노는 걸 보고 '그만하자.'는 생각이 들었다.

더러움이 인지가 안 되는 아이, 불편하고 찝찝한 걸 표현하지 못하는 아이에게 무턱대고 얼른 기저귀부터 떼자고 닦달했으니 당연히 어려울 수밖에 없었다.

희수를 위해 섬세한 육아를 하고 싶었는데 배변 훈련을 할 때마다 화를 참는 게 너무 힘들었다. 그래서 계속 포기하고 말았다. 지금 당장 배변을 가리는 것보다는 엄마의 다정한 말 한마디가 필요한 시기라고 애써 믿으면서 포기했다.

다섯 살에 배변 훈련을 하게 된 것도 내 의지가 아닌 어린이집 선생님들의 등쌀 때문이었다. 충분히 희수는 할 수 있다고, 우리도 함께할 테니까 믿어달라 하셨다. 내가 먼저 어린이집 선생님들께 도와달라 요청한 것도 아니고 선생님이 먼저 신경 써주시겠다는데 내가 뭐라고 거절하겠나 하는 마음으로 배변 훈련을 시작했다.

선생님이 종이 한 장을 주며 시간대별로 변기에 앉거나, 변기에서 시간을 보낼 때를 적어달라고 하셨다. '아침 7시에 일어나서 10분간 앉아 있음', '쉬는 못 했음.', '앉아서 〈꼬마인디언〉 노래를 불렀음.' 이런 식으로 집에서의 시간들을 세세하게 적어드렸다. 그러면 어린이집에서의 배변 간격을 기록해주셨다. 언제 화장실을 갔는지, 화장실에선 안 쌌는데 희수 기저귀가 언제쯤 빵빵해졌는지를 정리한 것이다.

되든 안 되든 누군가 나와 같이 아이를 위해 힘써주고 있다는 생각에 배변 훈련에 대한 스트레스가 훨씬 덜했다. 하루에 평균 다섯 번씩 팬티 빨래를 하면서도 포기해야겠다는 생각이 들지 않았다. 물론 '희수가 언제 기저귀를 뗄 수 있을까?'라는 생각에 종종 아득해지긴 했지만 말이다.

자폐스펙트럼이나 발달장애라고 해서 특별한 배변 방법은 따로 없다. 변기 거부가 있던 희수는 변기랑 친해지는 데만 한 달이 넘게 걸렸고 막상 소변은 2주 만에 성공했다. 대신 배변 실수는 꽤 오래갔다. 기저귀를 떼고 1년이 지나 내가 방심해 여벌 옷을 안 챙겼을 때도 기습적으로 실수를 했었다. 대변은 2개월 정도 기저귀에 했다. 그래도 그 전에는 그냥 싸버리던 걸 마렵다 표현하고 기저귀에다 했으니 그 정도면 됐다 하고 애써 위안하기도 했다.

기다리면 된다. 그렇지만 기다림이 얼마나 힘든지 모른다. '평생 아이가 기저귀를 차는 거 아냐?', '지금이 아니면 배변 훈련을 하지 못할 거야.'라는 불안함이 엄습했다. "초등학생이 되고도 기저귀를 차겠냐.", "스무 살에 기저귀 차는 사람은 없잖아."라는 주변 사람들의 말은 전혀 위로가 되지 않았다.

기저귀를 떼려고 노력했던 방법들은 여러 가지가 있었다. 변기에서 손 유희하기, 아기 변기 바꾸기, 물이 닿으면 색이 변하는 스티커 붙이기, 제일 좋아하는 피규어들을 아기 변기에 먼저 넣고 친근하게 다가가기, 그리고 앉아 있으면 무한 칭찬하기 등 다양한 방식으로 조심스럽게 접근했다. 이렇게 할 수 있는 방법은 모두 동원해서 배변 훈련에 성공했다.

그 어려움을 누구보다 잘 안다. 기저귀를 차도 티만 안 난다면, 큰 사이즈가 있다면 다 포기하고 싶을 때가 있었다. 대소변을 못 가리는 수준이 아니라 그 더러움조차 인지하지 못하는 아이를 볼 때 무너지는 마음은 같은 입장이 아니라면 절대 이해하지 못한다. 단지 이것 하나 느린 게 아니라 배변 훈련조차 성공 못 하는 아이를 보는 부모의 마음은 그 어떤 말로도 표현할 수 없다.

그래도 지치지 말자. 지치지 않으면 아이는 기어코 해낸다. 내 속도가 아니라 너의 속도에 맞춰 기다리고, 또 기다린다. 그렇게 끈질지게 기다리고 포기하지 않는다면 분명히 언제나 해내는 순간은 온다.

기다리는 법을 배운 해외 한 달 살기

희수가 학교에 입학하기 전 해외에서 한 달 살기를 하는 건 내 로망이었다. 사실 불가능할 거라 생각했다. 한 달 살기를 하려면 남편이 퇴사해야 하고 희수가 다니던 센터를 다 관둬야 했으며 유치원도 한 달 쉬어야 하니까. 이 모든 걸 관둘 수 있을까? 우리가 떠날 수 있을까? 아이와의 한 달도 부담스러웠고 남편과의 한 달도 부담스러웠다. 그런데 갑자기 남편이 퇴사를 하고 2주만에 비행기표를 끊었고 우리는 눈 깜짝할 사이에 공항에 서 있었다. 그렇게 평생 처음으로 우리 셋이 온전히 24시간을 함께 보냈다.

많은 일들이 있었겠다 싶겠지만 놀라울 정도로 평온하게 정말 별일 없이 태국에서 5주를 보냈다. 함께 있으면서 또 다른 '시간 보내는 법'을 익혔다. 희수는 기다림을 배웠다. 모든 시간은 기다림이었다. 한국처럼 빨리빨리가 안 되는 나라여서 하다못해 택시를 탈 때도 기본 20분은 기다리는 게 예사였으니까.

숙소들은 불편해도 정이 들었다. 벌레가 많은 태국에서 희수는 돋보기 하나를 들고 책 속의 에그박사가 되어 여행을 즐겼다. 우리 셋은 가만히 둘러앉아 시시콜콜한 이야기를 했다. 뉴스를 함께 보면서 다양한 대화를 나눴다. 산책할 곳, 내일 갈 곳 등을 의논하고 떠났다.

그러다 어느 날은 아무 데도 가지 않고 숙소에 누워 시간을 보냈다. 온 세상에 셋만 남은 기분이었고, 이상할 정도로 평화로웠다. 희수의 장애를 받아들이고 지구상에 우리만 덩그라니 남은 기분을 느꼈던 때와는 또 다른, 서로가 서로에게 스며들고 돈독해지는 시간들이었다.

한국에 돌아오니 마치 긴 꿈을 꾸고 일어난 것 같다. 설령 정말 꿈이어도 즐겁고 소중한 꿈이다. 한동안 우리의 일상이 여행에서의 추억, 같은 시간을 함께한 같은 추억으로 가득 찰 것 같다.

희수는 아마 그 한 달을 기억하지 못할지도 모른다. 설렘 가득한 여행보단 타국에서의 일상을 살면서 아이보다 우리가 훨씬 더 많은 걸 배웠다. 조금 느리게 사는 법, 의사소통이 원활하지 않은 삶의 불편함, 다정함과 따뜻함은 눈빛과 행동으로도 충분히 전달된다는 것, 지루할 것 같은 일상을 아이는 생각보다 잘 견딘다는 것, 일곱 살 희수가 우리와 살 부비며 사는 24시간을 생각보다 행복해한다는 것.

희수는 항상 해외에 가면 더 궁금한 게 많아진다. 영어로는 뭔지, 뭐라고 말하는지, 어떤 말인지 궁금해한다. 모두가 서툰 세상 속에서 아이의 서툰 상호작용은 당연한 것이 되고 특별함이 아닌 평범함으로 살 수 있던 한 달이었다.

특별한 날도 없었고 특별하지 않는 날도 없었다.

엄마와의 일상이 익숙했던 아이는 일주일도 안 돼 아빠만 찾고 아빠와 모든 걸 하고 싶어 하는 아이가 됐다. 아이와 온종일 있는 것이 어색했던 아빠는 금세 아이와 절친이 돼서 뭐가 그리 좋은지 둘이 "하하호호" 하며 즐거워하는 시간이 늘었다.

내가 주도적으로 이끌었던 일상에서 벗어나 조금은 방관자처럼, 방청객처럼 내가 사랑하고 아끼는 두 사람의 모습을 구경했다. 길다면 길고 짧다면 짧았던 5주. 충동적으로, 무방비로 떠났던 우리의 여행은 결국 대성공이었다.

이런 날이 또 왔으면 좋겠다. 하루 종일 붙어 있는 셋의 모습이 버겁다가, 어색하다가, 애틋하다가, 익숙해지는 시간. 이 시간이 두고두고 많이 그리울 것 같다.

인정하고 기다려주기

태국 여행을 떠날 때 우리는 희수가 좋아하는 온갖 종류의 책을 20권 정도 챙겼다. 희수는 미디어에 중독이 쉽게 되는 편이라 아예 미디어 노출을 금지했던 시기였고, 미디어 대신 책을 즐겨 읽었으니 괜찮을 거라 생각했다.

집에서 출발하기 직전, 희수는 가장 좋아하는 책을 캐리어에서 꺼내 침대에서 읽었고 읽던 그대로 침대에 두고 왔다. 그 책 한 권이 40일의 태국 여행에서 가장 큰 변수가 될 줄 누가 알았을까.

희수는 인천공항에서부터 그 책을 찾았고 집에 오기 전까지 애타게 찾았다. 태국에 도착해서도 여행을 즐기게 하고 싶은 우리의 마음은 안중에도 없고 자꾸 집에 두고 온 책만 찾더니 급기야는 집에 가고 싶다고 칭얼거리기 시작했다. 우리의 한 달 살기가 한 곳에서만 예정되어 있었다면 국제 택배로라도 받고 싶은 마음이었다. 하지만 계속 지역을 옮겨 다녀야 했으므로 그건 불가능했다.

대신 희수와 함께 우리가 여행하는 지역의 도서관과 서점을 돌아다녔다. 우리가 찾아간 약 열 군데의 서점과 도서관엔 그 책은커녕 한국어로 된 책도 드물었다. 다행히 희수는 서점에 가는 걸 좋아했고 알 수 없는 언어로 쓰인 태국 책들마저 좋아했다. 그리고 그때 사 왔던 태국 책을 요즘도 종종 휴대전화 번역 어플을 사용해 읽곤 한다. 분명히 여행을 망친 책이었지만 여행이 끝난 후 되돌아보니 그 역시 추억이었고 여행의 일부분이었다.

아이의 장애로 힘든 부분들 역시 비슷한 지점이 있다. 한때 나는 아이의 상동행동, 음성추구, 감각추구 때문에 내 삶을 놓고 싶을 정도로 힘들었다. 하지만 지나고 나니 그 모든 것 역시 내 아이의 일부임을 알게 되었다.

여전히 희수는 혼잣말을 많이 한다. 멍 때리거나 중얼거리는 일도 잦다. 희수의 특성이므로 이제는 귀엽게까지 보인다. 인생을 긴 여행이라고 생각한다면, 우리가 맞이하는 여러 가지 상황이나 일들도 몇 년, 몇십 년 후에는 추억으로 공유될 거라고 믿는다.

감각추구에서 관심으로

자페스펙트럼 아이들은 대부분 감각추구를 한다. 빛, 촉각, 물건, 글자, 책, 자동차, 혹은 소리에 반응한다. 희수는 시각추구가 심한 편이었다. 그렇다면 그 대상이 차라리 책이었으면 좋겠다고 생각했다.

반면 책이나 글자에 감각추구를 하는 아이의 부모들은 마음이 불편하다. 읽거나 본다고 해서 이해하고 활용할 수 있을까 하는 의문 때문이다. 마치 로봇처럼, 고장 난 라디오처럼 내용은 줄줄 외지만 대화가 안 될 때 더 상심하기도 한다.

아이가 책을 좋아하기 시작했을 때 나도 마찬가지였다. 알고 좋아하는 건지 혹은 시각추구가 책으로 넘어간 건지 끊임없이 의심했다. 안 그러려고 해도 내심 걱정이 되었다.

전문의들의 의견도 각각 다르다. 어떤 의사 선생님은 책이나 글자추구를 한다면 이를 최대한 키워주라고 하셨다. 어떤 선생님은 상호작용을 위해 추구하는 모든 물건들을 숨기라고까지 한다.

하지만 희수는 아주 어릴 때 읽었거나 한 번 읽고 흥미를 잃은 책들도 가끔 이야기한다. 그럴 때마다 아이가 아무것도 모른다고 생각했던 시절에도 '내가 모르는 사이 차곡차곡 본인 안에 쌓아두고 있었구나.' 싶다. 결국 정답은 없다.

무언가 추구하는 것을 소거시키기 위해 그걸 없애는 행동이 상호작용을 더 늘려주는가에 대해선 의문이 많다. 오히려 다른 추구로 나타나는 경우가 훨씬 많다. 또 글자추구를 소거시키기 위해 책을 다 없앴다가 결국 학령기쯤 돼서 다시 책을 읽게 하려고 노력하는 부모님들도 여럿 봤다. 결국 감각추구도 한때이기에 그 시기를 잘 이용해서 아이의 관심사를 확장

시키고, 끊이지 않게 도와주자는 생각이 들었다. 이 역시 나의 선택이다.

희수는 책에 나온 말을 반향어•로 하는데, 이때 책을 꼭 갖고 다니는 경우가 많다. 보통 그러면 이상하게 보는 게 아니라 책을 좋아하는 특이한 아이 정도로 보는 것 같다. 독서는 세상에서 가장 부작용이 없는 육아법 중 하나다. 책에 중독된 사람이 문제가 되거나 잘못된 경우는 거의 없지 않은가.

우리는 항상 많은 걱정과 고민을 껴안고 아이를 키우겠지만 어쩔 수 없는 것들은 흘러가게 둬도 괜찮다. 물론 나는 그저 희수 한 명을 키운 경험뿐이라 100퍼센트 옳다고 말할 순 없다. 어떤 선택이든 아이에 대한 걱정과 사랑으로 내린 결정이라면 그게 무엇이든 언제나 지지한다고 말해주고 싶다.

• 상대방의 말에 대답하지 못하고 그대로 따라 하거나 비슷하게 따라 하는 증상을 뜻한다. 영아기 어휘력 향상 과정에서 나타난다. 영유아기(생후 1~3년)의 반향어는 정상적인 현상이지만 영유아기가 지난 후에도 반향어가 지속되는 것은 발달장애(자폐성 장애, 언어장애, 지적장애) 환자들의 대표적 증상이며, 원활한 의사소통을 방해한다. 발달장애가 심한 경우 성인이 되어서도 반향어가 지속되기도 한다.

아이가 혼이 나도 행복하다

검도장에서 갑작스레 연락이 왔다.

> "희수가 혼나서 많이 울었습니다. 집에서도 희수가 많이 속상해할까 봐 미리 연락드렸어요."

무엇 때문인지 모르겠지만 희수가 형들한테 큰 소리를 질렀단다. 그 일로 모두가 같이 '엎드려뻗쳐' 기합을 받고 혼이 났다. 희수는 혼나는 도중에 몸을 비틀고 웃고 산만한 모습을 보이다가 똑바로 하라고 선생님에게 더 야단을 맞았단다. 희수는 그 상황이 억울하고 분했는지 크게 울음을 터뜨렸다고 한다. 희수를 진정시키긴 했지만 차에 탈 때까지 울상이어서 검도장 선생님이 걱정돼 전화를 하신 것이었다.

나는 그저 피식피식 웃음이 나왔다. 전화를 끊고, 기분이 몽글몽글 좋아졌다. 아이가 혼나고, 기합을 받고, 울었는데 왜 기분이 좋아졌을까. 희수가 다른 아이와 같은 삶을 살길 바랐지만 실제로 희수가 실수하거나 잘못했을 때 다른 아이들처럼 혼난 경험이 별로 없다. 학교나 유치원, 어린이집에서 같은 상황이었다면 다들 희수의 마음을 더 읽어주고 배려해줬기 때문이다.

아이에게 장애가 있다는 건 타인의 입장에서 '다른 아이들처럼 혼내면 안 되는 거 아닌가?'를 고민하는 지점이기도 하다. 그래서 나는 희수가 온전히 벌을 받고 억울해서 울고 또 누군가가 달래준 이 상황이 반갑다.

무언가 설명되지 않는 상황 속에서 희수는 분명 억울했을 것이다. 무작정 소리 지르지는 않았을 테니 말이다. 그렇지만 분명히 어떤 이유에서든 소리를 지르는 행동은 잘못이므로 억울하더라도 혼날 상황이 맞다.

아이가 검도장 차에서 내리자 모르는 척 "오늘 검도장은 어땠어?" 하고 물으니 대답이 없다. 늘 "학교든 검도장이든 좋았어!"라고 대답했는데 답이 없길래 "왜? 무슨 일 있었어?" 하니 "혼났어."라고 시무룩하게 말한다. 무슨 일인지, 어떻게 혼났는지에 대한 답은 못 하고 다른 말만 하다가 "희수가 잘못해서 혼난 거야?"라고 물으니 작게 "응."이라고 한다.

"잘못했으면 혼나기도 하는 거야. 그래서 내일 검도장 갈 거야? 가기 싫어?"
"검도장 갈 거야."

이로써 아이는 또 한 뼘 자랐다. 아이는 내가 깔아준 꽃길에서만 자랄 수 없다. 세상은 넓고 내가 아닌 다른 사람과 끊임없이 관계를 맺으며 살아가야 하니까.

검도장에서 형들과 똑같이 기합받으며 울었을 아이가 짠하면서도 기특하다. 엄마로서 이런 상황들이 너무도 감사하다. 어렵고 미숙해도 다른 이들과 같은 상황을 겪을 수 있다는 건 그게 비록 아이가 우는 것으로 끝났다고 한들 행복하고 기적 같은 일이므로.

'왜'라는 질문은 평생 하는 것

희수가 못 했던 것들, 그중에서도 내가 왜 못 하는지 이해하기 어려운 것들이 몇 가지 있다.

1. 희수는 슬리퍼를 신지 못했다.
2. 희수는 뽀로로 음료수를 마시는 방법을 몰랐다.
3. 희수는 아직도 혼자 티셔츠를 입지 못한다.
4. 희수는 음료를 컵에 따르지 못한다.

희수를 키우면서 내가 노력해야 했던 부분 중 하나는 '왜'라는 질문을 지워나가는 거였다. 슬리퍼를 신으면 걷는 방법을 모르는 사람처럼 신는 것도, 걷는 것도 하지 못했다. 뽀로로 음료수의 캡을 입으로 빨아야 음료가 나온다는 것을 이해하지 못하는 아이를 보며 이걸 '왜' 못 하는지 의문을 갖지 않도록 노력했다.

빨간색 크레용을 보며 "빨간색!"이라고 하는 아이가 무당벌레의 색을 물었을 때 모른다는 걸 받아들여야 했다. 자폐스펙트럼에 대해 아는 것과 자폐스펙트럼이 있는 아이를 키우며 몸소 느끼는 건 많이 다르다.

호명 반응, 눈 맞춤, 사회성, 언어, 발달지연과 같은 단어 뒤에 숨어 있는 수많은 것들은 '왜'라는 말을 지워내지 않으면 아이를 키우는 게 버거울 정도로 힘들었다. 궁금해하지 않는 것, 아이를 있는 그대로 이해하는 것. 그 말 앞에서 얼마나 서성였는지 모른다. 많은 날, 혼자 품었던 마음을 죽여가며 아이가 겨우 익힌 방법들을 차마 다시 하라고 못 하는 이유는 지금도 쉽지 않아서다.

여행을 갔을 때 희수가 호텔에서 슬리퍼를 신고 종종거리는 모습을 봤다. 한글 읽는 모습을 발견했을 때보다 더 기뻤다. 너무 기뻐 환호할 정도였다. 아직도 희수는 왜 호텔에서는 신발을 신어야 하는지 잘 이해하지 못 하지만 이젠 신발을 신고 주저앉아 책을 읽는다.

'왜?'는 내가 아닌 희수가 평생 가지고 살아갈 질문이다. 희수가 보는 나의 세계는 내가 희수를 보는 것보다 훨씬 별세계일 테니. 내일도 엄마의 세계를 알려줘야 해서 미안하고, 조금씩 받아들여줘서 고맙다.

혼자서 한글 떼면
똑똑한 아이 아닌가요?

희수가 한글을 어떻게 읽게 됐는지 궁금해하는 분들이 많다. 희수는 〈이상한 변호사 우영우〉에 나오는 우영우처럼 똑똑하지 않다. 사실 희수는 지능지수 65의 지적장애도 함께 가지고 있다. 보통은 '희수 정도면 지능이 높거나, 괜찮은 거 아닐까?' 라고 생각한다. 하지만 인스타나 유튜브 등에서 보여지는 건 희수의 매 순간이 아닌 엄마의 애정 안에 존재하는 한순간이다. 그 순간들은 희수가 가장 소통이 잘되는 사람과 함께라 가장 편안하고, 최고의 컨디션일 때의 찰나다. 나한텐 일상적이면서 희수의 시간들 안에선 제일 반짝이는 모습인 셈이다.

처음엔 글자 쪽으로 시선만 향해도 희수는 도망을 갔다. 그래서 1년 정도는 그림만으로 이야기를 만들고, 실컷 신나게 놀게 해주었다. 희수가 좋아하는 단어들을 톡톡 두드리며 리듬을 섞어 책을 읽어주기 시작했다. 좋아하는 단어들을 실생활에서 매칭할 수 있게 박물관에 가거나 곤충들을 보여주었다. 아쿠아리움에 가서는 그간 수백 번 읽어준 글자들을 찾아주었다. 그리고 아이가 글자를 알면 세상이 얼마나 넓어지는지 느낄 수 있게 경험하고, 경험하고, 또 경험했다.

그러면서도 사실 별 기대를 하지 않았다. 평가지에 적힌 글자에 얽매여 당연히 아이는 자라지 않을 거라 생각했다. 단지 그게 아이의 인생에서 조금이나마 즐거움이 되길 바라며 했던 행동일 뿐이었다.

아이를 객관적으로 아는 건 아주 중요하다. 나도 모르게 아이에게 큰 기대를 한다거나, 정확히 인지하지 못해서 수많은 선택의 순간들에서 잘못된 선택을 할 수 있으니까 말이다. 그러나 그만큼 맹신해서도 안 된다. 아이는 숫자나 누군가의 평가 안에서 자라는 게 아니다. 누군가가 내리는 판단이 아이의 존재를 정의하거나 판가름하지도 않는다.

육아는 누구에게나 힘들고 고되다. 나 역시 성숙하지 않은 존재인데 내 아이는 올바른 방향으로 키우고 싶은 것은 당연하나 어렵다. 그리고 아이의 한순간을 기록해둔 기록지나 영상을 너무 맹신하지 않고 긍정적인 태도를 유지하며 나아가려 한다. 내가 가고자 하는 방향은 항상 그렇다.

독해져야 성공한다?
현명한 미디어 차단법

희수는 그간 총 세 번 미디어 차단을 했다. 처음엔 자폐스펙트럼 판정을 받았을 때, 의사 선생님이 미디어 때문에 퇴행처럼 보일 수도 있다고 하셔서 미디어만 끊으면 다 해결될 줄 알고 그냥 끊었었다.

정확한 개월 수는 기억나지 않지만, 미디어를 끊고 3~4개월이 지나도 나아지기는커녕 퇴행이 계속 진행되었다. 우리는 더 절망하며 어느 순간 다 내려놓는 심정으로 다시 미디어를 보여주기 시작했다.

그다음엔 단어가 트이고 미디어로 아이가 배우는 게 많아서 뿌듯하기도 했다. 그런데 지나고 보니 희수가 생물 이름 같은 명사는 많이 배웠으나 다른 사람과의 상호작용은 더 안 좋아지는 게 눈에 보였다. 제일 심각했던 건 미디어의 내용을 그대로 외워서 반향어처럼 혼잣말하는 경우가 늘어난 것이다. 차를 타고 가다가도 미디어에 나오는 상황들을 전체적으로 외워 대사를 줄줄 읊을 정도였다.

희수는 우리 부부가 바로 앞에서 휴대전화를 봐도 별 반응이 없었다. 그게 가능했던 이유는 희수에게 미디어 노출을 할 때도 무조건 희수 전용 패드나 휴대전화를 마련해서 그걸로만 보여줬기 때문이다. 어쩌다 패드나 휴대전화를 깜빡하고 안 갖고 나가는 날은 차라리 집에 들어오더라도 우리가 쓰는 패드나 휴대전화와 희수의 미디어는 따로 분리해뒀다.

그래서 미디어를 끊을 때 그냥 단번에 "희수야, 이젠 다 없다."라고 하고 전부 중고마켓에다 팔아버렸다. 처음 한 일주일은 희수가 패드며 휴대전화며 찾으러 다닌다고 집을 다 뒤집었다. 밥 먹으러 가자고 새벽이든 밤이든 아침이든 울며불며 난리도 쳤다(밥 먹을 땐 무조건 미디어를 보여줬으니까).

한 2주 정도는 새벽 1, 2시에 깨서 아침까지 패드 달라고 울기도 했다(종종 새벽에 깨면 패드를 보여줬기 때문이다).

뭘 하든 유튜브부터 보여달라고 하는 아이를 보며 힘들었지만 중간에 마음 약해져서 꺾이면 다음번에는 더 악화되리라 생각해서 독하게 버텼다. 대신 화내지 않고 알아듣든지 말든지 계속 설명해주었다.

더 이상 그렇게 지낼 수는 없어서 다른 놀이를 찾아봤다. 희수가 하원하고 나면 하루에 책을 서너 시간씩 목이 쉬도록 읽기도 하고 서너 달 정도는 하원 후 매일 나가서 희수가 좋아하는 곳들을 찾아 헤맸다.

아마 내가 썼던 방법은 정말 무식하고 어려운 방법이 아닐까? 그래서 나는 함부로 "미디어 끊으세요, 아이에게 좋아요!"라고 하지는 못하겠다.

분명히 끊고 나서 희수는 많이 성장했고, 굉장히 좋은 효과를 보았지만 그만큼 "엄마의 모든 걸 갈아넣었어요."라고 말할 수 있다. 또 나보다 훨씬 현명한 분들은 미디어를 보여주기도 하고, 미디어를 접하게 하면서도 상호작용도 잘해주는 분들도 많다. 더 나아가 아이에게 간접 경험으로 많은 걸 체득하게 해주시는 분들도 많다. 그것도 의미 있고 멋진 방법이라 생각한다. 아이를 키우는 데 한 가지 방법만 존재하지 않는 것처럼 나의 이야기는 참고만 하고, 엄마와 아이가 서로 편한 방식을 찾았으면 좋겠다.

실수를 두려워하지 않는 아이

실수는 누구나 한다. 나 역시 실수가 잦은 사람이다. 아이들도 마찬가지다. 그때마다 아이가 위축되지 않기를 바란다. 그래서인지 희수도 실수를 하면 눈치 보지 않고 부담없이 나한테 말하거나 본인이 해결하려고 노력하는 편인데 대부분 제대로 해결은 안 된다.

태국에서 한 달을 지내면서 희수는 크고 작은 실수들을 많이 했다. 우유를 쏟거나, 수영장에서 소리를 지르거나, 책을 찢는 행동들이었다. 보통은 무언가를 쏟아버리는 행동들이 많았는데 아무래도 국내랑은 달라서 나와 남편이 재빠르게 수습

하곤 했다. 그러다 보니 희수는 자연스럽게 본인의 실수에 익숙해져서 자기가 무언가 저질러놓고도 아무렇지 않게 "엄마, 아빠!"만 외쳤다. 그 모습에 '아차' 한 우리는 서툴러도 본인의 실수를 스스로 수습하는 방법을 알려줬다. 실수에 위축이 되지 않는 것과 실수를 저지르고 타인에게 해결을 미루는 건 전혀 다르지 않은가.

희수는 아직 물이나 우유를 따를 때 서투르다. 많이 흘리기도 하고 때론 아예 엎기도 한다. 물이나 우유를 따를 때 일단 본인이 하게끔 하고 마지막에는 남편과 함께 정리한다. 어설픔 또한 당연한 것이니 완벽하지 않더라도 차근차근 알려주고 있다. 언제 어디서든 적어도 본인이 저지른 일은 스스로 해결하려고 노력하고 잘되지 않을 때 도움을 요청하는 사람으로 키우고 싶어서다.

일관된 육아란 참 어렵다. 그럼에도 '스스로 할 수 있게 만들자.'라는 생각에는 변함이 없다. 부모도 아이도 좌충우돌하면서 분명 성장할 거니까.

아빠가 화내서 아쉬워요

희수는 여행 중에 한국으로 돌아가면 하고 싶은 게 많다고 말했다. 귀국 후 그중 물고기를 사러 가자고 했던 말을 떠올린 희수는 수족관에 가자고 했다. 나는 수족관에 가야 하니까 먼저 씻자고 말했다. 그러자 희수가 갑자기 딴청을 피우기 시작했고 20분간의 실랑이 끝에 남편이 폭발했다.

옥신각신한 후 겨우 씻으러 들어가선 둘이 도란도란 이야기를 나눈다. 둘의 대화가 귀여워서 귀 기울여보았다.

"아빠가 화내서 아쉬워요."

"응? 아빠가 아까 화내서 희수 서운했어?"

"네."

"그랬구나, 미안해. 이제 화 안 낼게."

"네에~."

아직 헷갈리는 단어가 많은 희수는 '서운하다.', '속상하다.'가 아마 '아쉽다.'는 말과 같다고 생각했나 보다. 희수의 입장에선 평소에 엄마가 그 정도는 받아주니 투덜거린 것 같다. 하지만 아빠의 입장에선 20분이면 과하기도 하고 빨리 씻고 나가야 하니 화가 났을 테다.

남편과 나의 육아 방식은 다르다. 물론 각자의 일관성은 있지만 서로 강요하진 않는다.

희수를 둘러싼 세상에는 다양한 사람들이 있다. 그 세상에는 자신을 이해하고 기다려주는 엄마만 존재하지 않는다. 살아가면서 희수가 타인의 인내심이나 감정이 모두 엄마와 같지 않다는 걸 알았으면 한다.

동물원이나 수족관에 가기로 했는데 희수가 딴청을 피우거나 갑자기 안 가려고 하는 경우가 많다. 나와 희수에게는 익숙한 이 상황에서 아빠는 다르게 반응할 수도 있다는 걸 희수는 아직 이해하지 못한다. 또한 남편 역시 아이가 어떤 상황에서 어떤 루틴이 있는지 모를 때가 있다. 거기서 오는 둘의 작은 다툼에 대해 남편에게 이해하라고 하지는 않는다.

또한 남편에게는 아이를 포용해주는 나의 육아 방식이 마음에 안 드는 부분도 있을 것이다. 그럼에도 남편 역시 나에게 아이를 그렇게 받아주기만 하면 안 된다고 말하지 않는다. 남편과 나는 각기 다른 방식의 육아를 하는 중이다. 그리고 각자의 일관성을 유지하되 강요하지 않는다.

남편과 희수가 자주 옥신각신하지만, 남편에게 어른이니 무작정 아이를 이해하라고 이야기하지 않는다. 남편 역시 계속 그렇게 받아주지 말고 제대로 잡으라고 하지 않는다. 다양한 사람의 반응을 경험하는 것도 중요하다고 생각하기 때문이다. 그런 의미에서 아빠의 육아도 절실히, 필요하다.

물론 기분 때문에 어떤 날은 받아주고, 어떤 날은 화내면 안 된다. 단지 내가 아이를 이해한다고 해서 그 부분을 똑같이 아이에게 이해하라고 강요하진 않는다는 말이다.

육아에는 정답이 없다. 그저 아이가 다양한 환경 속에서 다채롭게 자라나길 바란다.

상자 속의 세상

EBS 〈딩동댕 유치원〉에 자폐스펙트럼을 가진 캐릭터 '별이'가 등장한다는 뉴스가 나왔다. 예전에 영국의 어린이 프로그램에는 자폐스펙트럼을 가진 캐릭터도 있다는 말을 듣고 그저 부러울 때가 있었다. '아직 우리나라는 그런 캐릭터가 등장하기는 이르겠지?' 하는 생각도 했다.

사실 내가 제작진이어도 발달장애를 가진 친구를 공중파 프로그램에 내보인다는 게 부담스럽고 어려울 듯했다. 그래서 자폐스펙트럼을 가진 캐릭터가 나온다는 사실만으로도 행복했다. 방영 전 이런저런 말들이 있었지만 그래도 실제로 어떻게 나올지 보고 판단하고 싶었다.

하지만 프로그램을 보고는 이렇다 저렇다 판단할 새도 없었다. 눈물을 참느라 보는 내내 입술을 꽉 깨물었다. 심지어 희수를 유치원에 보내고 혼자 보는데도 흐르는 눈물을 주체할 수 없었다.

한 편이 온전히 별이의 이야기로 가득 차 있었다. 별이는 희수였다. 별이는 희수의 친구였고, 내가 아는 아이들이었다. 앞으로 어떻게 될지 모르지만 별이가 세상 밖으로 나온 것만으로도 고마웠고, 감사해하며 살고 싶다.

상자를 쓰고 있는 희수에게 상자 안 세상을 함께 여행하는 엄마가 되고 싶다.

서툰 방식 그대로 사랑하기

자폐스펙트럼을 나타내는 증상들에는 여러 가지가 있다. 그중에서도 대표적인 것이 사회성이다. 자폐스펙트럼이라는 말 자체가 마치 자기만 생각하고, 다른 세상에서 사는 아이들이라 남들은 필요도 없고 무시할 것 같지만 의외로 내가 아는 자폐스펙트럼 아이들은 사람을 좋아한다. 방식이 미숙해서 우리가 알아차리지 못할 뿐이다.

희수가 아무한테도 관심이 없어 사회성이 걱정이 될 땐 막연히 아이가 '사람을 좋아했으면….', '친구를 좋아했으면….' 하고 바랐다. 자폐스펙트럼의 특성들이 하나둘 소거되면 아이가 나아질 것 같은 마음 반, 혼자 살 수 없는 세상에서 사랑받고 살길 바라는 마음 반이었다.

막상 사람에게 관심을 갖기 시작하니 이 또한 보통 문제가 아니었다. 희수가 놀자고 표현하는 방식이 일방적인 데다가 다른 아이들의 규칙을 무시하는 행동들이 많았기 때문이다. 다른 아이들에게 내가 대신 사과하고 희수에게는 "그러면 안 된다." 하고 말하는 게 일상이었다.

사람들이나 친구들에게 관심 좀 가지라고 말할 때도 있었는데, 희수가 실제로 사람에게 관심을 갖고 이를 표현하려고 하자 통제를 해야 했다. 희수의 다름과 특별함을 이해해달라고 하기에는 그 친구들도 어리고 미숙하며, 배려받아야 마땅하므로 무작정 이해해달라고 할 수가 없었다.

그래서 자꾸 희수한테 "친구한테 그렇게 다가가면 안 돼. 그건 잘못된 거야."라고 말하게 됐다. 아이가 한 걸음 나아갔다는 것만으로도 기뻐해야 하는데 자꾸 제지만 하는 내 상황이 안타까웠다. '차라리 희수가 사람도 친구도 안 좋아했으면 그냥 우리 식구 셋이 평화롭게 오순도순 살 텐데….'라는 마음에까지 이르렀다. 사람에게 관심 갖는 게 얼마나 대단하고 기적 같은 일인데 엄마로서 한참 모자라서 그랬다.

어느 날 희수 선생님이 전화를 주셨다.

"어제 희수가 같은 반 친구랑 같이 그림을 그렸는데 그게 너무 즐거웠나 봐요. 오늘도 같이 그리고 싶다며 마카를 들고 친구 옆에서 서성이다가 친구가 다른 걸 하고 노니까 기다렸다가 "같이 그림 그릴래?"라고 물어보더라고요."

나한테 필요한 건 끈기와 기다림, 그리고 믿음이었다. 느리다는 건 나아가지 않는 게 아니다. 또한 내가 느끼지 못한다고 해서 아이가 배우지 못하는 것도 아니다. 이런 어리석은 생각들이 내 마음에만 머물고 있어서 다행이다. 마음이 못나도, 미운 생각으로 삐죽거린다 해도 아이에게 이 말은 잊지 않았다.

"희수야, 친구들을 곤란하게 하는 건 절대로 하면 안 되는 거야. 하지만 친구들한테 관심 갖고 다가가는 건 잘했어. 다음에 엄마가 친구에게 다가가는 법을 잘 알려줄게."

아이에게 이렇게 말할 수 있는 엄마라서 참 다행이다.

"희수가 열심히 자라는 만큼 엄마도 열심히 클게. 속은 모자라더라도 겉은 큰 사람처럼 사는 법도 잘 익혀볼게."

오늘은 희수가 친구를 배려하고 같이 놀자고 한 첫날이다. 다음이 없더라도 기적 같은 날.

다른 사람의 감정을 존중하는 아이로

나는 아이에게 화내지 않는다. 최대한 상황을 이해시키고 희수의 마음도 읽어주는, (요즘 말이 많은) 공감 육아를 하고 있다. 내가 생각한 공감 육아는 본인의 감정이 존중받는 만큼 타인의 감정도 존중할 수 있는 아이로 키우는 것이다.

"사람들이 많은 곳에선 소리 지르면 안 돼. 희수도 가끔 소리 때문에 힘들지? 그럼 희수가 지르는 소리에도 힘들어하는 사람들이 있어."
"줄 서기 힘들다고 그렇게 움직이면 안 돼. 희수도 덥고 힘들지? 다른 사람들도 다 덥고 힘들지만, 다 같이 참고 줄을 서 있는 거야."

"희수가 어지른 건 치우고 가야 해. 희수도 다음에 왔을 때 이 책 또 보고 싶지? 그럼 정리를 잘 해둬야 해. 그래야 그다음 친구도 희수만큼 예쁘게 정리를 하고 또 다음에 잘 찾아서 읽을 수 있어!"

공감 육아는 남을 배려할 수 있는 아이, 사랑을 베풀고 먼저 헤아릴 수 있는 아이로 키울 수 있는 최선의 방법이다. 동시에 사회성이 부족한 희수가 사람들을 이해하게 하는 수단이라고 생각했다. 체벌과 화를 먼저 배우면 혹시나 남들한테 쉽게 그렇게 할까 봐 사랑으로 다가서는 법을 먼저 알려주고 싶었다.

육아엔 정답이 없다. 많은 걸 배우고 느끼고 습득해서 아이와 우리 가족에게 맞는 다양한 방법으로 훈육하되 적어도 아이와 가족이 남들에게 피해를 주지 않아야 한다. 아이가 사회 구성원으로 살아갈 수 있게 도와주는 게 부모 역할이 아닐까.

또한 내 아이의 마음이 소중한 만큼 다른 사람 마음도 소중하다는 것을 알려주어야 한다. 내 아이의 감정이 제일 소중하고 먼저라면 그건 공감이 아닌 이기적으로 사는 법을 가르치고 있을 뿐이다. 시도해보고 안 되면 또 시도해보는 게 지금 내가 할 수 있는 최선이다.

어떤 사람들은 자폐스펙트럼인 희수가 "내가 불편했으니 남도 불편할 거야."라는 말을 이해한다는 것 자체를 믿기 어려워한다. 또 어떤 이는 감정을 설명하기보다는 "어지르면 치워야 해. 그래야 보상을 얻을 수 있어."라고 말하는 방식으로 아이를 이끌라고 조언한다.

그 말에 나도 어느 정도는 공감한다. 하지만 아이가 성장하면서 엄마도 '알아채는 순간'이 온다. 아이가 남을 배려하고, 헤아리고 있음을 알게 되는 그 순간 말이다. 나 역시 희수가 더 어릴 때는 감정을 설명하기보다 어떤 상황과 그 상황에서 하지 말아야 할 행동을 단호하게 알려줬다.

하지만 어느 정도 성장하면 결국 아이에게 감정을 이해를 시켜야 하는 날들이 오게 마련이다. 아이가 이해하기 힘들어도, 부모가 이해시키기 힘들어도 서로 지치지 않게 노력하는 일, 그것이 내가 선택한 부모의 역할이자 의무다.

아직은 좌충우돌,
오늘도 크는 중입니다

마트에 가고 싶다는 아이를 데리고 롯데몰에 갔다. 마트도 있고, 장난감도 구경하고, 희수가 좋아하는 책도 읽고 아이들이 노는 공간에서 같이 어울려 놀면 즐거운 하루가 될 거라는 생각에서였다.

아뿔싸, 왜 마트 휴무일을 미리 확인하지 않았을까? 장난감 가게는 마트 안에서 운영하는 곳밖에 없었고, 마트와 함께 휴무라 방문할 수가 없었다. 당연히 희수는 기분이 상했다.

평상시엔 두 시간은 거뜬히 앉아서 책을 보던 쇼핑몰에 마련된 작은 도서관에서도 10분 정도 흘렀을까? 다른 데 가서 책을 읽고 싶다고 했다. 다른 층에 가서도 심기가 영 불편했는지 짜증을 내기 시작했다. 그러다 눈에 띈 만화 카페에 가고 싶다고 소리를 질러서 들어갔더니 괴성을 지르며 뛰어다녔다. 결국 만화 카페 사장님에게 사과하고 5분 만에 도망치듯 나왔다.

그렇게 하루 종일 희수는 짜증을 냈다. 그리고 "다 부숴버릴 거야, 죽었어."를 외치며 뒤집어졌다. 그럼에도 불구하고 남편과 나는 딱히 화를 내지 않았다. 이 외출은 희수를 위한 것이지만 기본적으로 우리한테 초점이 맞춰져 있었기 때문이다. 희수가 즐거울 거라 믿고 택한 장소였으나 그건 우리 부부의 바람이었을 뿐이었다.

아이들은 당연히 감정 컨트롤이 미숙하고 희수 또한 자기 감정을 조절하는 걸 어려워한다. 아마 희수는 앞으로도 쭉 어려워할 것이다. 하루 종일 엉망진창인 희수를 보면서 속상했지만 이건 내 감정이니 내가 감당해야 한다고 생각했다. 그리고 일곱 살의 감정 컨트롤보단 서른 여덟 살의 감정 컨트롤이 훨씬 쉽기 마련이다.

피곤하고 컨디션도 별로인 그저 이유 없이 짜증 나는 날, 우리도 소중한 사람에게 감정을 쏟아낸 적이 분명 있다. 이는 기본적으로 상대방에 대한 믿음과 확신이 있어서다. 그때 만약 소중한 사람이 내게 화냈다면 상처가 되지 않을까? 다른 걸 다 떠나서 아이를 위해 최선을 다한 날, 나의 화가 번져 모두의 하루를 망치거나 화로 가득한 날로 기억되지 않았으면 좋겠다.

잠들기 전, 아이에게 "엄마가 화내서 미안해."가 아니라 "오늘은 어땠어? 즐거웠지?"라고 묻는 하루이길 바란다. 당장은 힘들더라도 이를 염두에 두고 화낼 뻔한 상황을 넘기다 보면 화를 내는 게 어색해지는 순간이 온다. 아이도, 엄마도 행복한 육아로 하루를 마무리했으면 좋겠다.

감정을 다스리는 일

방콕에서 처음으로 희수가 하고 싶어 한 투어가 있었다. 남편은 예약할 때부터 희수가 얼마나 좋아할지 기대된다고 기뻐했다. 12년 전, 우리 부부가 여행 와서 해봤던 투어로, 같은 곳을 아이와 간다니 설렜다.

투어를 예약한 날 아침, 전날 희수가 졸라서 사 온 물고기가 죽어 있었다. 그 물고기를 애도하느라 희수가 두 시간 동안 울었던 걸 뺀다면 완벽할 수 있었던 하루였다. 잠도 세 시간밖에 못 잤지만 희수의 반응을 잔뜩 기대하느라 들떴던 남편은 희수의 비명 소리에 놀라서 깼다. 그날 아침 희수는 생각보다 오래, 많이 슬퍼했다.

물고기의 죽음을 처음 겪는 게 아니라서 대수롭지 않게 생각했던 우리의 잘못도 있었다. 하지만 소리를 지르고 울고 뒹굴던 희수의 반응은 확실히 과한 면이 있었다. 실망한 남편은 희수에게 화를 냈고 나는 처음으로 남편을 제지했다.

감정이란 건 본인의 것이어서 부모가 충분하다 여겨도 본인이 그 감정을 충분히 표출하지 않으면 다스리기가 힘들다. 아이의 감정은 온전히 아이 것이고 이러한 과정을 충분히 겪어야 나중에 또 스스로가 조절할 수 있을 것이라 생각했다. 물론 남편의 마음이 이해되지 않는 건 아니었다. 하지만 어려운 걸 하는 게 어른의 역할 아닌가.

감정을 쏟아내는 건 쉽다. 그리고 감정을 참아내고 아이의 감정을 기다려주는 건 어렵다. 남편 역시 순간의 '욱'을 참아내고 차분히 기다려줬다. 안아주고, 위로해주고, 공감해주며 기다렸다. 그리고 우리는 아침밥을 건너뛰었지만 즐겁게 투어를 다녀올 수 있었다.

하루를 마무리하는 저녁, 뿌듯함으로 물드는 시간이 참 좋다. 오늘도 잘 해냈구나. 내 감정을 이겨내고 아이의 예쁜 모습을 보며 즐거운 하루를 보냈구나 되새겨본다. 한 번, 두 번, 반복하다 보면 화내는 타이밍을 기쁘게 놓치게 될 것이다. 그러면 후회가 아닌 뿌듯함으로 하루를 마무리 지을 수 있을 것이다.

시련을 지나
또 한 발짝

"엄마, 이거 나중에 먹게 송편 두 개 가지고 있어요."

예전에 선생님이 희수가 '나중에, 이따가, 내일, 어제'를 배워야 한다고 말씀해주셨다. 누구나 자연스럽게 익히게 되는 단어 하나하나에 의미를 두며 배워야 한다고 할 때마다 나는 가끔 눈앞이 깜깜해지는 기분이 들었다. 희수와 내딛던 발걸음이 사실은 제자리 걷기처럼 느껴질 때였다. 언제 끝날지 모르는 이 숨 차는 달리기를 그만하고 주저앉고 싶었다.

희수와 발맞춰가는 모든 순간이 편안했던 건 아니다. 희수의 속도에 맞추는 내 모습이 언제나 여유로웠던 것도 아니다.

'언제 나아질까, 언제쯤이면 괜찮아질까.' 하며 가늠하는 걸 포기하고 '그렇구나, 이젠 그럴 시기구나.'라고 넘어가다 보면 그런 날이 온다.

희수는 알까, 오늘 나에게 말해준 '나중에'가 나에겐 큰 고비였고 시련의 한 단어였음을.

특수 학교가 아닌 일반 학교에 보내기

아이를 왜 특수 학교가 아닌 일반 학교에 보내냐고 묻는 이들이 많다. 도움반 친구들은 학교를 선택해야 할 시기가 되면 엄마들의 고민이 깊어진다. 나 역시 이제까지 아이의 인생에서 가장 큰, 첫 번째 갈림길에 선 기분이었다.

나는 일반 학교, 특수 학교 중 어딘가를 고집했던 건 아니다. 여섯 살 때까진 오히려 심플했다. 희수는 나아갔지만 속도는 더뎌서 고민할 것도 없이 '아이와 나를 위해 특수 학교에 보내야겠다.'고 생각했다. 하지만 일곱 살이 되고, 아이가 점점 소통하고 관심 갖는 게 늘었다. 그럴수록 내 마음 편하자고 아이가 성장할 수 있는, 아이들과 부딪힐 수 있는 기회를 빼앗는 건 아닌가 고민하기 시작했다. 머리가 터질 것 같았다. 그리고 특수 학교에 보내 아이에게 맞는 교육을 받았으면 하는 바람도 컸다.

고민 끝에 희수를 봐온 센터 선생님, 유치원 선생님, 소아정신과 의사 선생님과의 상담을 해보고 선택하기로 했다. 만장일치로 일반 학교 도움반을 보내라고 권하셨다. 그럼에도 불구하고 마음 한쪽으로는 불안감을 잔뜩 안은 채 마치 아이를 지옥불에 혼자 떨어뜨려 놓는 심정으로 일반 학교에 보냈다.

이제는 편해졌나 돌이켜보면 아니다. 입학한 지 100일이 지났지만 여전히 나는 전화번호 수신자 정보에 학교 번호가 뜨면 무섭고, 선생님의 연락이 두렵고, 아이들의 시선이 걱정된다.

특수교육대상자를 위한 학교 적응 훈련 강연을 들으러 갔을 때 한 어머님이 울며 호소했다.

"우리 아이는 특수 학교에 가야 해요. 그런데 자리가 없어서 결국 일반 학교 도움반을 갑니다. 이런 강연보다 아이들이 더 편하게 갈 만한 학교를 확충해주는 게 너무 필요해요. 저희는 너무 절실해요."

어떤 학부모는 '왜 저런 아이가 우리 학교에 왔지?'라고 생각하겠지만 우리에겐 선택지가 정말 별로 없다. 특수 학교에 왜 안 보냈느냐고 한다면 어차피 지원해도 희수 정도의 수준이라면 대기에 밀려 떨어졌을 거라 말하고 싶다.

매년 학생은 줄어들지만 특수 학교의 입학 경쟁률은 날로 치열해진다. 어떤 이들은 집 앞 학교에 도움반이 없어 통학 시간 한 시간, 왕복 두 시간을 감수하며 아이를 멀리 있는 학교에 보내기도 한다.

그도 아니면 일반 학교 안에서도 특수교육대상자라는 호칭으로 불편한 학교 생활을 해야 한다. 그런 상황이다 보니 홈스쿨링하며 세상과 고립된 곳에서 우리끼리 살고 싶은 생각이 절실할 때마저 있다.

특수 학교를 보내도, 특수교육대상자로 일반 학교에 보내도, 부모들은 항상 그 선택에서 자유로울 수 없다. 언제나 누군가는 울고 누군가는 슬퍼하며 누군가는 좌절하고 실망하면서 선택을 되돌리기도 한다.

모두가 우리를 이해하길 바라진 않는다. 싫을 수 있다. 누군가는 강아지가 싫고, 누군가는 그냥 아이가 불편하고 싫을 순 있지만 존재마저 부정하지는 않았으면 좋겠다.

아이의 미래는 결국 사회 속에 존재해야 한다. 그때는 오히려 익숙할 수 있는 기회를 잃고 낯선 존재에 적응하지 못한 채 같은 공간, 다른 세계에서 존재해야만 하는 시간이 온다.

모든 행동을 장애라는 이름으로 이해받고자 하는 게 아니다. 아이의 행동을 너그러이 지켜보는 여유가 생겼으면 좋겠다. 누군가는 관심을 가지고, 누군가는 배척하며 불편해하겠지만 어떤 누군가는 친구가 되고 싶다는 마음을 가져주길 간절히 바라본다.

희수가
책을 읽어주었다

희수가 책에 관심을 갖기 시작할 때, 기뻤지만 어느 정도 시간이 지나자 정말 힘들었다.

매일매일 즐거운 목소리로 몇 시간씩 책을 읽어주는 건 고통이었다. 여러 권은 그나마 괜찮았지만 한 책에 꽂혀서 그 책만 하루에 30~50번을 읽을 땐 눈물이 날 것 같았다.

희수는 내가 바라 마지않던, 책을 좋아하는 아이가 되었다. 하지만 현실은 달랐다. 책 읽어주는 시간이 내게는 고문 같았다. 그런데 그 기간이 내 생각보다 짧을 줄 알았다면 더 열심히, 즐겁게, 신나게 읽어줬을까? 솔직히 미리 알았다 해도 그렇진 않았을 것 같다.

어쨌건 힘든 시간이 다 지난 얼마 전 희수가 나한테 책을 읽어주었다. 아이에게는 꽤나 긴, 15분 남짓한 글밥 많은 동화책을 첫 글자부터 끝 글자까지 읽어주었다. 내가 꾸역꾸역 참아내며 열심히 읽어줬던 그 시간을 두 배, 세 배로 보상받는 기분이었다.

찰나의 순간을 이렇게 곱씹고, 기록할 수 있어서 행복하다.

"희수야, 너와 내가 지금 만나서 참 다행이다."

미술 시간에
엄마를 그려 오던 날

희수의 마지막 미술 수업 시간. 선생님이 재밌는 걸 준비하셨다길래 어떤 걸까 궁금했는데 수업이 끝나자 그림을 들고 희수가 뛰어왔다. 사람이 그려져 있었다. '엄마'라고 했다.

선생님은 희수 또래 아이들이 이해할 만한 감정들을 뽑아서 엄마를 표현했다고 하셨다. 스스로를 많이 부족한 엄마라고 채찍질하고 살아서 그런지, 희수가 붙여준 표현들이 나에겐 과한 듯했다.

사랑스럽다, 멋지다, 예쁘다, 행복하다, 기분 좋다, 착하다.

선생님이 몇 번이고 장난처럼 무섭거나 화가 나지 않냐고 물어봤다는데 희수는 종이 안의 표현들을 꼼꼼히 읽으며 아니라고 했단다.

아이를 키우며 주고 싶은 감정을 그대로 나에게서 발견하는 희수. 맞다. 난 항상 희수로 인해 행복하다.

"엄마는 너와 시작하는 하루가 기분 좋다. 너한테 엄마가 예쁘고 멋지고 사랑스럽다면, 엄마는 그것 또한 행복이야. 나는 여전히 '부족한' 부모지만 너에게는 '충분한' 엄마로 존재하는구나."

오늘은 내가 희수에게 100점짜리 성적표를 받은 날이다.

여행에서 아이가 배웠으면 하는 것

태국 여행을 했을 때의 일이다. 체크아웃을 하고 호텔에다 가방을 놓고 왔다. 다른 리조트에 체크인하다 번뜩 가방을 두고 왔다는 생각이 났다. 세 시간이나 지나서야 생각났다는 것도 놀라웠다. 서툰 영어로 상황을 이야기하고 그 전에 묵었던 호텔에 찾으러 갔다. 미리 유선상 확인한 대로 지갑도 고스란히 있었다. 여권은 남편이 모두 보관하고 있어서 다행이긴 했지만, 지갑을 잃어버리면 얼마간의 현금, 신분증과 신용카드가 사라져버리니 아주 큰일이었다.

그런데 나는 아마 가방을 찾지 못해도, '나는 운이 좋은 사람이야! 여권은 안 잃어버렸잖아. 해외에서 경찰서라니, 정말 특별한 경험을 했던 여행이다.'라고 생각하고 추억했을 거다.

물론 가방을 찾고 나서는 '역시 잃어버리는 것보다는 찾는 게 훨씬 운이 좋아. 나는 운이 좋은 사람이야.'라고 생각했다.

희수의 삶도 나처럼 행운으로 가득 찼으면 좋겠다. 사실 운이 좋다는 건 내가 생각하는 방향에 따라 정해진다는 것도 조금씩 알려줘야지. 그것 말고도 여행을 통해 희수가 배웠으면 하는 것이 있다.

1. 엉망진창에다 무계획이어도 일단 도전해보는 게 좋다는 것
2. 완벽하지 않아도 즐거울 수 있다는 것
3. 일단 시작하면 어떻게든 끝을 맺는 게 중요하다는 것
4. 완벽하지 않아도 행복할 수 있고 대단하지 않아도 즐거울 수 있다는 것
5. 생각대로 되지 않아도 예기치 못한 즐거움은 항상 찾아온다는 것
6. 부족한 사람이라도 생각하기에 따라 삶은 행복하고 즐겁다는 것

한 계단 한 계단 오르다 보면

가끔 아이가 각성 상태로 웃는다거나 혼잣말을 시끄럽게 할 때가 있다. 그럴 때마다 당연히 조용히 하라고 아이를 바로 제지한다. 여행에서는 살짝 좀 더 여유를 두고 "조용히 하자. 희수야."라고 말하려 입을 뗐다.

그 순간 아이가 스스로 입을 막고 "희수야, 시끄럽게 하면 안 돼, 쉿!"이라고 말했다. 아이도 알고 있었던 것이다. 하지만 자기 스스로가 통제가 안 됐던 모양이다. 결국 나는 아이를 꼭 안아주고 미안하다 할 수밖에 없었다. 스스로가 통제하기 어렵더라도 난 여전히 시끄러울 때마다 "조용히 해야지."라고 말할 거고, 그렇게 말해야 하니까.

야시장을 돌면서도 마찬가지였다. 희수가 갖고 싶은 게 세 가지 정도였는데 “오늘은 하나만 사줄게. 여행은 아직 많이 남았으니까.”라고 말하면서 하나만 고르라고 했다. 내가 규칙을 만들고 아이가 납득할 때까지 무수히 많은 짜증과 징징댐을 겪지만 아이들도 어느 순간 이해하는 순간이 있다. 발달장애, 느린 아이들도 마찬가지다.

앞으로의 삶이 걱정되고 안타까울수록 눈물 짓기보다 당장 더 나은 삶을 위해 많이 알려주려고 노력한다. 아이가 학교에서 학습을 따라가는 것들은 사실 나한텐 그렇게 중요하진 않다. 학습보다는 아이가 혼자서 일상을 꾸릴 수 있도록 돕는 게 더 중요하기 때문이다.

아이를 위해 하는 모든 활동들은 결국 언젠가는 아이가 나에게서 독립해서 살길 원하는 마음에서 하는 것이다. 소근육, 대근육, 한글, 인지, 워크지 등등을 열심히 함께한다. 결국은 생활까지 연계해서 아이의 일상생활에서의 자조를 열심히 가르치기 위함이다.

색을 인지하고 짝맞추기가 된다면 양말을 찾아 짝맞춰 정리하게 될 것이다. 수학을 배운다면 화폐 단위의 크고 작음을 알게 될 것이다. 또 키오스크가 있는 곳이라면 사람이 많지 않을 때 스스로 찍고 누르게 해보게 한다. 이 모든 것이 느리더라도 천천히 사회 속에서 아이가 일상을 살 수 있도록 돕는 일이다.

위험하더라도 직접 가스레인지를 사용할 수 있게 가르치고 밥하는 법을 알려준다. 얼마 전에는 전자레인지 사용법도 가르쳐줬다. 전자레인지를 활용해서 간편하게 먹는 방법들을 알려주면 불가피하게 혼자 있게 되어도 굶는 일은 없을 거라는 생각에서다. 요즘은 집에 혼자 찾아오는 법도 알려주고 있다.

오늘뿐만 아니라 앞으로 매 순간, 아이와 나는 긴장하고 무서운 시간들을 견뎌야겠지만 이러한 시간들이 아이를 더 성장하게 해줄 것이라 믿는다. 행복한 일상을 꾸려나가는 희수로, 세상 속으로 한 발 더 나아가는 희수로.

에필로그

엄마로 살게 해줘서 고마워

– 희수에게 보내는 편지

희수야. 사실 엄마는 네가 버거웠어.

아니지, 너를 너무 사랑하는데,

자폐스펙트럼이라는 말이 너무 무겁고 무서웠어.

살면서 한 번도 생각해본 적도 없는 말을

평생 내 가슴에 얹고 너와 같이 견뎌낼 수 있을까?

자신 없었어. 그렇게 하지 못할 거라 생각했어.

너는 어제 모습 그대로인데

자폐스펙트럼이라고 확정 짓는 의사선생님 말에

네가 너무 낯설었어.

그래도 우리 이제 둘 다

긴 어둠 속에 잠겨 있던 시간을
벗어난 지금, 너무 행복해.
네가 고르고 골라 나한테 왔다고 생각하니까
다행이라는 생각이 들어.
너의 선택을 기뻐해줄 수 있는 엄마라서 행복해.
만약에 나한테 다시 선택의 순간을 준다면
주저 없이 너라고 말할 거야.

더 사랑한다고 말하지 못한
하루가 후회돼서 잠든 네 발을 만지고, 손을 만지고
자면서도 귀찮아 뿌리치며 돌아설 때까지
그렇게 온기로 사랑을 전해주는 내 작은 아이.
고마워. 또다시 태어나도 내 아들로 와.
지금 같아도, 아니 지금보다 못하다 해도 널 기다릴게.

그때는 두 번째니까 후회 없이 사랑만 잔뜩 줄게.
별일 없이 저무는 오늘이 너무 감사해.
엄마로 살게 해줘서 고마워.

내 인생 가장 소중하고 특별한 손님

아이의 자폐스펙트럼 앞에서 길 잃은 엄마들에게

1판 1쇄 인쇄 2024년 7월 24일

1판 1쇄 발행 2024년 7월 31일

지은이. 김보미

펴낸이. 권은정

펴낸곳. 여름의서재

표지디자인. 섬세한곰

본문디자인. 눈씨 안소영

등록. 제02021-92호

주소. 서울시 은평구 서오릉로 267

전화번호. 0502-1936-5446

이메일. summerbooks_pub@naver.com

인스타그램. @summerbooks_pub

ISBN. 979-11-982267-6-1 03810

값. 18,000원

값은 책표지에 표시되어 있습니다.

잘못 만들어진 책은 구입한 서점에서 바꾸어드립니다.

여름의서재는 마음돌봄을 위한 책을 만듭니다.

함께 아프고, 함께 공감하고, 함께 성장합니다.